いずれ死ぬ君のために

For the end of life.

方丈海

１４０字小説？　ふーん、そんなのあるんだ。幼馴染みの恵《めぐみ》に教えてもらったけど、ツイッターで芽生えた文化らしい。なんで１４０字なんて中途半端な数字なんだろう？　あぁ、そっか。ツイッターの文字数制限が１４０字だからか。動画でもなんでも、コンパクトで短くて手に取りやすくてわかりやすいのが今の流行だけど、小説も例外じゃないのかな、なんて思ったりした。

でも、たった１４０字で小説なんて書けるのかな？　わざわざ言うことじゃないから、恵に言ったことはないけど、私は小説嫌いだ。読まないとか興味ないとかじゃなくて、小説が嫌いだ。だけど、恵がなんだか強く薦めてくるのと、好奇心も手伝って、ツイッターを開いて読んでみることにした。恵曰く、特にこの海さんの１４０字小説を読んでほしいらしい。

いくつか覗いてみると、確かに面白い。たった１４０字なのに起承転結がしっかりしてて、小説の体を成してる。と思ったけど、これを小説って言っていいのか疑問なのもあった。詩に近かったり、単なるジョークに近いものもある。よく意味がわからなかったり、全然スベってるのまで色々ある。つまり、色々あるとわかるくらい、私はついつい、読み耽ってしまったということだ。通勤電車の中とか、お風呂が沸くまでの時間とか、友達と待ち合わせしてる時間とか、寝る前のベッドの中とか、仕事の休憩時間とか。そんなちょっとした時間にツイッターを開いて、この海さんの１４０字小説を読むのが、いつの間にかすっかりと、私の日課になってしまっていた。

目次

イラスト・はしゃ
デザイン協力・丸岡純
ブックデザイン・森健晃
編集・上村哲裕

※本書に収録された作品は全てフィクションであり、実在の人物・団体・事件とは一切関係ありません。

第1章

男女関係

Human affairs.

　彼女持ちアピールしたかった俺は、彼女代行サービスに手を出した。デート先で２ショットを撮り、ＳＮＳにアップする。どこからどう見てもリア充だ。

　後日、友人からＬＩＮＥが届いた。

『お前、女を見る目ねぇな』

『はぁ？　なんでだよ』

『だって、俺が見かけただけでも４股はしてるぞあの女、やめとけって』

【指名率Ｎｏ．１】

家に私のじゃない女物の下着が落ちていた。夫が浮気をしているのは間違いない。私は現場を押さえようと、今日は友人の家に泊まると嘘をついた。隙を見せれば必ず連れ込むはず。そして日も暮れた頃、ＬＩＮＥも送らず、私は家のドアを開けた。そこには、女装している夫と、夫とキスしている見知らぬ男がいた。

【趣味と浮気】

私の彼氏凄い。

腕も胸板もヒョロいのに、腹筋だけはバッキバキに割れてる。「どうして腹筋だけ？」って聞いてみた。

「1年前、イイネの数だけ腹筋するってツイートしたら、3・8万も集まっちゃって…でも、もうすぐ達成するんだ♪」

私はそのツイートを見つけ、10万人のフォロワーに向けて拡散した。

【腹筋フェチ】

私には一流企業で働く彼氏がいる。イケメンで優秀。でも私は他の人を好きになってしまった。平日だけど、今日はその人の家でデート。彼氏は今頃一生懸命働いているのに、私は他の男に会っている。その罪悪感が私の心をスパイスした。頼んでたＵｂｅｒが来たみたい。ドアを開けると、彼氏が立っていた。

【一流企業に違いなし】

『俺と…………付き合ってくれない？』

『その前に、言いたいことが５つあるの。
１：ＬＩＮＥで告白はやめようね。
２：三点リーダで溜め過ぎてなんかキモい。
３：先月失恋して凹んでたくせに立ち直り早いね。
４：彼女作る前に部屋は綺麗にした方がいいよ。
５：送り先は確認しようね。私はあなたの母です』

【添削】

俺のサークル同期の女子に、チョロすぎて心配な子がいる。

普段、大人しくて目立たないくせに、男慣れしてないせいか飲み会で周りから「可愛い」って言われただけで終電逃すし、聞かれたらすぐＬＩＮＥ ＩＤ教えちゃってる。

「もう少し警戒心持ちなよ」

「じゃあ…俺君が守って？」

俺はＬＩＮＥ ＩＤを交換した。

【チョロ男】

２月１４日の朝登校すると、親友は裸足だった。

「…お前もしかして、イジメられてんの？」

親友は首を横に振る。

「じゃあ上履きは？」

「下駄箱、見てないんだ」

「なんで？」

「俺が確認しない限り、チョコが在るのと無いの、２つの可能性が共存するだろう？」

なるほど。

確認したら、チョコは無かった。

【シュレディンガーのチョコ】

俺は恐怖していた。

お隣のＯＬさんの部屋から、毎朝７時におぞましい悲鳴が聞こえてくるんだ。

尋ねると「私ホラー映画マニアで…悲鳴をアラームにしてるんです…すみません」と恥ずかしそうに言った。

「今朝の悲鳴は、『死霊のはらわたⅡ』？」

「わかったんですか⁉」

それが、妻との出会いだった。

【嬉しい悲鳴】

【告白】

「やたらに人に弱味をさらけ出す人間のことを、私は躊躇《ちゅうちょ》なく「無礼者」と呼びます。」（三島由紀夫『不道徳教育講座』）

三島由紀夫のこの言葉を、友人は座右の銘としていた。

ある日、そんな友人が急に私の家にやって来た。

「どうしたの？」と聞くと「…愛犬が他界した」と呟き、私の前で号泣してくれた。

私はそれを告白と受け取った。

深夜、コンビニのレジで、店員さんが「今日も夜遅くまでご苦労様です、サービスです！」と言って、缶コーヒーをくれた。彼女のその気遣いで、俺の心がどれだけ救われたのか、彼女は知る由もないだろう。

お釣りをもらうとき、彼女の左薬指に、指輪が見えた。

もらった微糖の缶コーヒーは、いつもより、苦かった。

【ブラック微糖】

【割に合わない仕事】

映画館のチケット売り場でバイトしてると、カップルがやってきた。

「ここと、ここの席でお願いします」

妙だなと思った。空いてるのに、あえて席を離して指定したからだ。

「いいんです。隣同士で座っちゃうと、ドキドキして映画に集中できないんです」

俺は思った。

これで時給９００円は安すぎると。

彼氏がウチに遊びに来たときのことだった。

「なんでトイレの便座上がってんの？」

浮気を疑う彼氏に「掃除した時に上げたままにしちゃっただけ！」って伝えると、彼は渋々納得してくれた。

でも、私は罪悪感で押しつぶされそうだった。嘘をつくのにも、もう疲れた。

いつ正直に伝えよう？　私は男だって。

【プラトニック・ラブ】

夕日がさす放課後の廊下。

生徒指導室に、意外な生徒が入っていくのが見えた。

「ん？　いまの3年A組の委員長だよな。あんな真面目な子でも、生徒指導室に呼ばれたりするんだな」

俺はそれが少し嬉しかった。人間、誰でも過ちはあるんだな。

生徒指導室の前を通りすぎるとき、中から鍵をかける音がした。

【過ち】

俺が出世したくない理由は簡単だ。

俺よりずっと偉い上司が毎日、自分のデスクで家から持参した弁当を食べているからだ。

昼飯すら贅沢できない出世になんの意味があるのか。俺は皮肉も込めて上司に「お昼どっか行かないんですか?」と聞くと上司は言った。

「妻の弁当以上に、贅沢なものはないからな」

【一番の贅沢】

バージンロードを歩く親友の姿は、この世の誰よりも綺麗だった。今日は何回、親友に「おめでとう」と言っただろう。幸せそうな親友と目が合うたび、笑顔を返した。

帰り道、私はコンビニで水を買い、公園のベンチに腰かけて、独り泣いた。今日、彼の隣であのドレスを着ているのは、私でありたかった。

【笑顔の裏側】

面白い試みだな、と思った。

そのラブコメ漫画は、最後に主人公の男子がどの子と結ばれるのか、読者の投票によって決める方式を採用したのだ。正直、どの子にも幸せになってほしい。三日三晩悩み抜いた末、俺は幼馴染みの子に投票した。

次週、最終回にて結果が出た。

主人公は幼馴染みの男子とくっついた。


【民主主義】

Ｘｍａｓくらい彼氏と過ごしたい！

でもそんなことがファンに知れたら、アイドル生命が終わる…。

同じ悩みを持つアイドル仲間で集まって、Ｘｍａｓ会を事前に撮影した。当日はこれをライブ配信と偽って流しておけば、私達のアリバイは完璧！

後日その内情が週刊誌に掲載された。

ユダは、誰だったんだろう…。


【最後の晩餐】

母校で、旧友たちとタイムカプセルを掘り出し、皆で開いた。

「聡《さとし》君は何入れてたの？」

「昔、君に渡せなかった物だよ」

聡はカプセルの中から小箱を拾い上げる。開くと、手作りの拙い指輪が入っていた。

「僕と結婚して下さい」

「ふふ…もう一度、式も挙げる？」

彼からの、二度目のプロポーズだった。

【2つ目の指輪】

『先輩〜♪　一緒に帰りましょ？』
『先輩って好きな人、います？』
『先輩ー！　お弁当作ってきました！』
『今日…先輩の家行っていいですか？』
『嬉しいです…はい！　私も、先輩が好きです！』

一見すると普通の恋愛小説だったが、「先輩」はシーンごとに全て別人だと最後にわかったとき、俺の脳は壊れた。

【オムニバス形式】

僕の彼女はいつの間にか、肩に僕の名前の刺青を入れていた。本人曰く、変わることのない永遠の愛の証だそうだ。ちょっと重かったけれども、それほどまでに愛されるのは正直嬉しかった。

元カレの名前を消せなくなったから、同じ名前の相手をずっと探してただけだと知ったのは、彼女と結婚した後だった。

【後の祭】

妻と録画番組を見ていると、画面の中で仮面の催眠術師が芸人を眠らせた。

「今のシーン、巻き戻せるか？」

目を凝らすと、恐ろしく速い手刀が、芸人の首筋をとらえているのが見えた。

つまり、インチキだ。

「俺でなきゃ見逃しちゃうね」

突如、首筋に衝撃が走り、意識が遠のいた。

「勘の良い夫は嫌いよ」

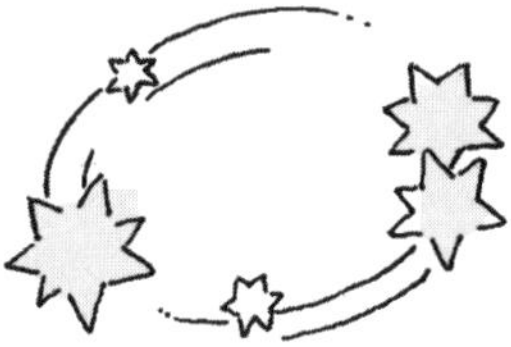

【夫の本業×妻の副業】

急に彼氏に「猫っぽいよね」って言われた。

「そう？」

「昔飼ってた猫がミャーって言うんだ。ミャーって呼んでいい？」

「……浮気してる？」

「は？　なんで？」

「無理にあだ名をつけるのは、浮気相手と統一して呼び間違いを防ぐためって聞いたから」

「そんなわけないだろう、美弥《みや》」

「私は萌香《もえか》よ」


【セルフチェックメイト】

彼はスマホを眺めて、愛おしそうに微笑んでいる。

ちょっとだけ、嫉妬してしまった。そんな微笑みを向けてくれるのは、私に対してだけだと思ってたから。

「ねぇ、何見てるの？」

「え？　あー…コレ」

彼が照れ臭そうに画面を向けると、私の頬は熱くなった。画面には、雪の中の、私の写真が映ってたから。

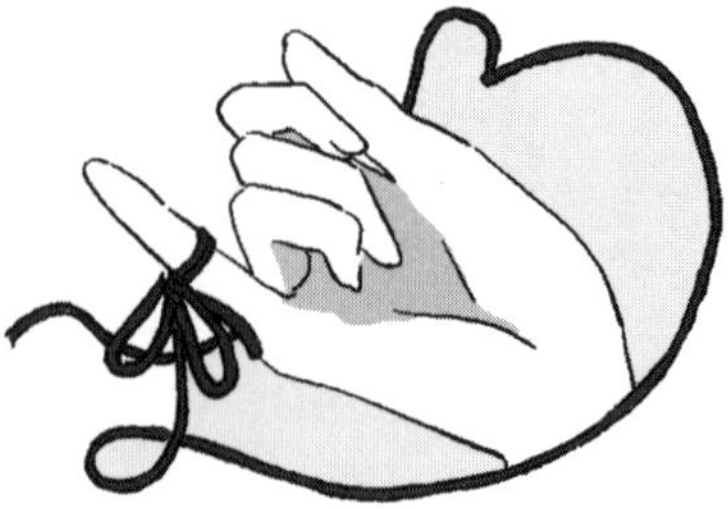

【ジェラシー】

大好きな人に告白した。

「私より背の低い人はちょっと…」

フラれた俺は骨延長手術を受けてリトライした。

「私より年収低い人はちょっと…」

出世を繰り返し、役員になった。

「太ってる人は…」

痩せた。

「顔が好みじゃなくて…」

整形した。

「私より年下はちょっと…」

俺の方が、年上になった。

【アップデート】

同窓会でＡさんに会った。俺の初恋の人だ。友人が俺とＡさんの前で軽口を叩く。

「そう言えばお前、Ａのこと好きだったよな」

酒の席とはいえ、本人の前でかつての恋心を暴露されるのはいい気分じゃない。Ａさんも反応に困ってる風で、苦笑いを浮かべていた。

帰り際、Ａさんは俺の耳元でこう囁いた。

「今は？」

【変わらぬ想い】

「素敵なお写真ですね。可愛らしい女の子だ。お孫さんですか？」

「いや、妻だよ」

「…失礼。今、なんと？」

「笑ってくれたまえ。私はね、『君のお嫁さんになりたい』と言ってくれた幼馴染みの言葉を、未だに守っているのだよ。私の方が、ずっとずっと年上になってしまった、今になってもね」

【手向け】

押し入れの奥から古いジーンズが出て来た。捨てたと思ったけどこんな所にあったのか。まだ履けるかな？　調べるとポケットに何か入っている。使用済みの映画の半券だ。懐かしいなぁ…元カノと観た映画だ。確かその後、喧嘩しちゃったんだよな…。捨てる前に見せてあげると、今妻は懐かしそうに微笑んだ。

【若かりしころ】

同棲する際に、俺のペットであるトカゲを妻は心底嫌がった。危うく別居婚になりかけたほどだ。絶対にケージから出さないことを条件に、妻は渋々承諾してくれた。

ある日、大きな地震が起きた。

風呂に入ってた俺は揺れが収まってから居間に飛び出した。すると、机の下には、ケージを胸に抱えた妻がいた。

【小さな家族】

「あ～あ…やっちまった」

足元に缶コーヒーをこぼしてしまった。ふと「珈琲は飲むよりこぼした方が目が覚める」というネタを思い出し、1人で笑った。また2人で笑える日は来るだろうか。病室のベッドで横になる妻に目を向ける。すると、妻はその目をゆっくりと開いた。2年ぶりに、妻は目を覚ましてくれた。

【ライフ・ハック】

最後にパートナーと別れたのって、いつだっけ。

海さんの１４０字小説を読んでいたら、ふとそんなことを考えてしまった。吊り革につかまって、電車の窓の外を朝日に照らされた団地や公園や家が流れていくのを見つめる。ツイッターを閉じて、スマホを鞄に入れようとしたけど、満員電車の窮屈さがそれを許してくれなかった。

次の駅でみんな降りてくれるけど、窮屈さから解放されるわけじゃない。なぜかと言うと、私も一緒に降りるからだ。そして、満員電車から満員電車へ。都心で働くことの代償を、今朝も私は熱心に支払っている。

そもそも、なんで彼と別れたんだっけ？

別に、これといった具体的な決め手があったわけじゃない……と、思う。

ほとんど自然消滅だった。

海さんの作品を通して、ついつい、忘れていた当時のことを思い出してしまう。

もし、あのまま付き合い続けていたら、この海さんの１４０字小説みたいに、嫉妬しあったり、一緒に海外旅行に行ったり、素敵なプロポーズをされたり、夫婦になってお弁当作ってあげたり、作ってもらったりしたのかな？

あぁ、そうだ。

思い出した。

段々と仲が冷め始めたきっかけは、お弁当の話だった気がする。

彼の「毎日、お弁当作ってよ」って一言にムッとしてしまったんだ。「専業主婦になってほしいの？」って聞いたら「いや、働いててもいいけど」って返された。

そこでまた、ムッとしてしまった。

働いててもいいけどって、まるで決定権がそっちにあるみたいな言い方が気になってしまったんだ。大体、共働きなのに、それでも私だけにお弁当を作らせる心積もりだったのがどうかと思った。

もちろん、それが原因で別れたわけじゃない。

でも、こういう価値観のすれ違いが積み重なって、次第に二人で幸せな家庭を築く未来が見えなくなっていって、自然と別れたんだった。

もしかして私は、高望みし過ぎなのかもしれない。

他人同士が一緒になるのなら、これくらいの価値観の違いはあって当然で、それでもどこか妥協点を見つけたり、話し合って歩み寄ったりしながら、一緒になるものなのかもしれない。

次の停車駅を知らせるアナウンスが耳に届く。

乗り換えなくっちゃ。

扉が開くと、私は私の意思とは無関係に、人混みにもみくちゃにされながらホームに引きずり降ろされた。

これだけは落とさないようにと必死に握りしめていたスマホを、私はようやく鞄の中に仕舞うことが出来た。

第２章

ホラー

An unexpected ending.

授業中、先生が突然、倒れた。

「…見て。先生の指先に、青酸カリらしきものが…」

「まさか…先生がプリントを配るときに指ペロする癖を利用した殺人事件…!?」

「でも、いったいどうやって先生の指先に…」

私は見た。授業開始まえ、先生と不自然に指相撲してた山下さんの姿を。でも、誰もそのことには触れなかった。

【指ペロ殺人事件】

「やべ、終電ないわ。お前ん家泊めてくんね？」

「いいけど…引くなよ？」

友人の部屋にあがると、壁という壁に知らないアイドルのポスターが貼られていた。

「おぉ…」

「実は俺、このアイドルと付き合ってるんだ」

「…お前の妄想じゃなくて？」

「俺はまともだ。このポスター貼ったのも、その子だし」

「知ってますか？　自殺の成功率って、10％ほどらしいですよ」

「そういう話もあるな」

「そして、死に損なった人の多くは生き地獄を味わう。後遺症が残ったりね」

「あぁ」

「だから僕は、死ぬにはプロに頼ればいいと考えたんです」

「…それが、大量殺人の動機か」

「えぇ。早く死刑になりたいです」

【確実な死】

はぁ…正月なんてあっという間だったな。仕事始めの何が憂鬱かって、クソ上司の顔を拝むことだ。生産性ゼロのクセにセクハラだけは熱心な害悪め。おや？　どうしたことだろう。上司がすごい形相で俺をにらんでいる。以前、自慢気に語ってた不倫が奥さんにバレたのかな？

「全部声に出すとはいい度胸だな…！」

【正月ボケ】

私はいつも、やろうと思ったことを後回しにする癖がある。いい加減、直さないとなぁ…。

決めた！

次にやろうと思ったことは、絶対即実行しよう！

ソファーでくつろいでいる夫が私の名前を呼ぶ。

「ねぇ晩飯まだ？　てか洗濯も出来てないよね？　一日家にいるのに、なにしてんの？」

私はまず包丁を握った。

【思い立ったが吉日】

今日のリモート会議は空気がピリついてる。

ここは一つ、軽いトークを挟んで落ち着かせるか。

「そういえば課長のお子さん、今日は静かですね。いつも元気な声が聞こえるのに」

「……」

「課長？　聞こえてます？」

「…つい先日、嫁と一緒に出ていかれたからな」

落ち着け。

まだあわてるような時間じゃない。


【ゲームセット】

カーテンを開けると、清々しい快晴だった。

珈琲に蜂蜜を入れて飲むのが私の朝のルーティンだ。カップ片手にＬＩＮＥを返しながら部屋に戻る。ベッドにスマホを投げた直後、珈琲の方を投げてしまったと気付いた。

「あ？　あ…」

まぁいっか。どうせ血だらけで処分しようと思ってたベッドだし。中身と一緒に。

【清々しい朝】

席でスマホをいじっていたC君の頭上から突如、ゴミが降り注いだ。イジメっ子はC君の頭に、空になったゴミ箱をかぶせると「おい、お前の席の周り汚ねぇな。ちゃんとゴミ掃除しとけよ」と言って笑いながら去っていった。

翌日、ゴミはそのままだった。イジメっ子は登校してこなかった。翌日も、その翌日も。

【ゴミ掃除】

「昔、元カレからもらった贈り物って、なんか捨てらんないんだよね」

「わかる！　私も捨てられないもん」

「たとえば、何もらったの？」

「包丁」

「えぇ…変わってるね」

「うん。『もし俺が浮気したら、これで刺していいよ』ってくれたの」

「捨てなよそんなの…」

「でも…捨てたら証拠隠滅罪になっちゃう」

【捨てられないプレゼント】

結婚を前提に付き合ってる彼女を招待して、家でパーティーを開くことになった。彼女がミステリ好きなのもあり、俺が死体役になって、サプライズを仕掛けることにした。

呼びに行った弟が彼女を連れて帰ってくる。

血まみれで床に転がる俺を見るなり、彼女は弟に叫んだ。

「ちょっと！　まだ殺るには早いでしょう⁉」

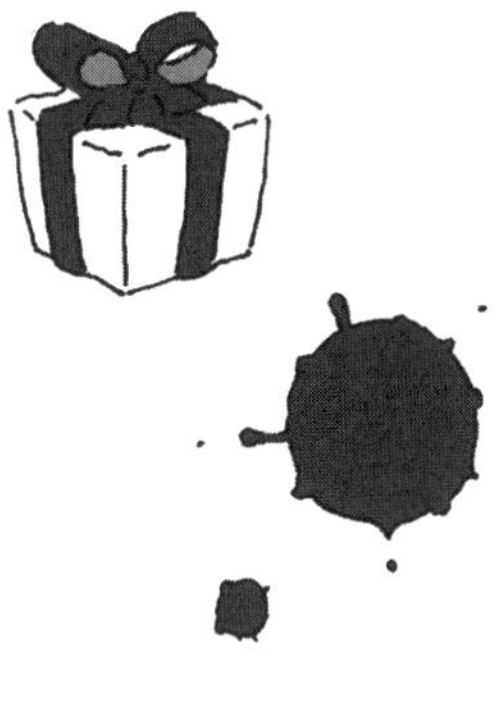

【逆サプライズ】

慚愧に耐えませぬ。

よもや影武者たる私が生き残り、殿が暗殺されてしまうとは…。

「やむを得ぬ。影武者よ、今日からそなたが殿として生きるのだ」

「出来ませぬ！　影武者である私に、殿の代わりなど！」

「なに、心配はいらぬ」

重臣は笑いながら言った。

「先代の殿も、全く同じことを申しておった」

【不死殿】

「組長、ウチの組員が殺し屋〝ルシファー〟に殺られました…」

「クソッ！　またあの中二病野郎かッ！」

「ですが、腕は確かッス。調べようにも、奴の顔を見て生き残ってるモンがいないんスよ…」

「うるせぇ！　必ず捕まえてぶっ殺せ！　ところでおめぇ、見ねぇ顔だな。新入りか？」

「ルシファーと申します」

【中二病末期患者】

デートで終電がなくなった私は、彼氏の家に初めてお泊まりすることになった。

そしたら、まさかの実家。

まぁいいか。

と思ってあがると、居間に服を着たマネキンが2体座ってた。顔にはクレヨンで笑顔が描かれている。額にはそれぞれ、父・母とあった。立ち尽くす私の後ろで、チェーンを閉める音がした。

【ご両親にご挨拶】

「できたぞ助手君！　精度１００％の嘘発見器だ！　装着せずとも嘘を検知してブザーが鳴る優れ物だ」

「本当ですか⁉　すごいです博士！　これで、病気で亡くなった博士の奥様も天国で喜んでますね」

　ビービービー！

「あれ？　博士、この嘘発見器、まだ精度がイマイチみたいですよ」

「……」

　ビービービー！

【新たな発見】

「これが…お前の嫁？」

友人宅にあがると、１／１スケールの美少女フィギュアが俺を見つめていた。

「おう、可愛いだろ？」

「お前…彼女できたらどうすんの」

「その時はさすがに処分するよ」

数年後、友人に彼女ができると、彼は行方不明になった。

未だに、友人と１／１フィギュアは、見つかっていない。


【かけおち】

新しい町に着いたら、民家を漁るのが勇者の特権だ。さっそくタンスを開けると、中に冷たくなった老婆がいた。返事はない。

「見ましたね」

後ろを振り向く間もなく、俺の頭に壺が叩きつけられた。教会で目覚めると、神父は「何があったか、覚えていますか？」と笑顔で言った。俺は「いいえ…」と返した。

【冒険の書（欠番）】

「ひっ…！」

私は恐怖した。

捨てたはずのフランス人形が、今日も玄関前に戻ってきていたからだ。

私は監視カメラを設置して真相を確かめることにした。

もう一度捨てると、やっぱり人形は戻ってきた。

映像を確認すると、人形を戻していたのは夫だった。

私は恐怖した。

夫は、もっと前に捨てたのに。

【帰巣本能】

濡れながら帰宅してると、男の人が私に傘を差し出してきた。

「あの…よかったらコレ使って下さい」

「え？　いえそんな、悪いですよ」

「僕の家すぐそこなんで、遠慮せず。まだ歩きますよね」

「えっと…じゃあ、ありがとうございます」

傘を受け取ると、男の人は去っていった。

親切な人もいるのね。


【家を知る人】

「そういえば、もうすぐクリスマスね」

「そうですね。Ａ先輩はサンタさんに何頼むんですか？」

「え？」

「え？」

「Ｂ子ちゃん、社会人でまだサンタを信じてるのは…」

「いえ、サンタはいますよ普通に。去年も来てくれましたし…」

「Ｂ子ちゃん、実家暮らし？」

「いえ、一人暮らしです」

「え？」

「え？」

【良い子】

最近の写真加工アプリはすごい。なんでもできる。

「昨日また彼氏とデート行ったの？」

「あ、インスタ見てくれた？」

「アンタ、加工しすぎでしょ。目大き過ぎ！　彼氏も毎回同じキメ顔で笑っちゃうんだけど」

「ん？　独り身の嫉妬かな⁉」

後日、その子の彼氏は亡くなっていたことを知った。

一年も前に。

【コピペ彼氏】

ふと見上げると、マンション２Ｆの窓から、ぬいぐるみがこっちを見つめていた。窓一面を覆わんばかりの、大きなクマのぬいぐるみだ。きっと親からのプレゼントが嬉しくて、通行人に見せつけたいのだろう。微笑ましいじゃないか。よく見るとクマのお腹に貼られた紙に、何か書いてあった。『たすけて』

【声なき声】

ネットは怖いね。。

また、ニュースで殺人事件が報道されたよ。。 ネットで知り合った人と会って、殺されちゃったんだって。。 怖いよね。。 犯人はまだ捕まってないんだって。。 その犯人は、今日もネットを徘徊してるんだろうな。。 文章が特徴的なんだって。。 文末に「。」を２つ重ねるそうだよ。。

【個性】

「住宅街にも、最近じゃ防犯カメラが増えたなぁ」

ずっと見張られているようでいい気分はしないが、安心と言えば安心だ。

なのに、日課のランニングに行ってる間に空き巣に入られた。たかが30分だから、いつも面倒で鍵をかけていなかったのだ。

見ると、家の前の防犯カメラが1つ、無くなっていた。

【木を隠すなら森の中】

最近、俺は幽霊に悩まされていた。テレビが勝手に点いてたりするし、風呂場の曇りガラスの向こうに奴は立ってたりする。仕方なく霊媒師を呼んだら、怨念が強過ぎてどうしようもないと言われた。今夜もラップ音で嫌がらせしてくる幽霊に俺はキレた。「うるせぇええええ‼　もう一度殺されてぇのか⁉」

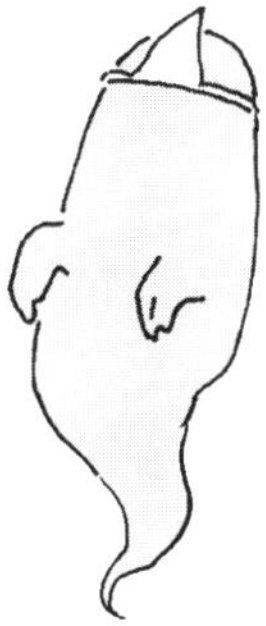

【延長戦】

「母さん？　オレオレ」

「え、この声…ツヨシ？」

「そうそう、ツヨシ」

「そんな…どうして…ちゃんと産め…！」

「は？」

「…そんなハズない。アンタ、詐欺でしょ？」

「チッ」

そこで俺は電話を切った。

さっさと次行こ。

だが、向こうの言いかけた言葉が気になった。

産め……

……………埋め？

【ツヨシ・オブ・ザ・デッド】

「私はランプの精。さぁ願いを3つ叶えてやる」

「お願い！　私の彼氏を生き返らせて」

「うむ」


後日。


「残る願いは2つだ」

「私の彼氏を生き返らせて」

「また死んだのか？　いいだろう」


後日。


「最後の願いを言え」

「彼を生き返らせて」

「またか？」

「えぇ。あの男は、何度殺っても足りないから」

【周回プレイ】

「…今日も快晴ですね」

「そうですね」

平日の朝、スーツを着た大人が2人、公園のベンチに腰かけていた。クビになったと妻に言えず公園で時間を潰す、同じ穴のムジナである。

「…あの、実は僕…」

「なんです?」

「…いえ、なんでもないです」

「?」

次の日から、ベンチに座る男性の姿は1人だった。

【ドロップアウト】

なぜ〝休日〟なんて呼び方するんだ？

まるで仕事への充電時間じゃないか。休日こそ本来の人生の時間なのに。オフなんかではない、休日こそオンなのだ。休日を休日と呼んでる限り、労働のための人生はなくならない。来世では、休日がなくなってますように。

破り捨てられた遺書には、そう書いてあった。

【休日のない未来】

「泥棒ー！　誰か捕まえて！」

私が叫ぶと、通行人の男性が泥棒を取り押さえてくれた。

「失礼、僕は先を急ぐので…警察が来るまでこうしておきましょう」

彼は鞄から縄と手錠と目隠しを取り出すと、泥棒を縛りあげ、ガードレールに繋いだ。彼は笑顔で去っていったけど、目は笑っていなかった。

【捕まえるべき人】

昔付き合ってた彼女曰く、俺はイビキがひどいらしい。マッチングアプリで知り合った女性とそろそろ付き合えそうなので、治せるなら治したい。まずはどの程度かと、寝ている俺のイビキを録音することにした。翌朝聞いてみると、女の声がずっと、ボソボソと入っていた。妙に、懐かしい声だった。

【未練】

「僕、人の未来が見えるんです。貴女の家に盗聴器を仕掛けました」

通りすがりの男は突然私にそう告げると、足早に去っていった。

あまりに気持ち悪いので、家に警察を呼んで調べてもらった。今日デートだったのに…。

数時間後、××駅で刃物を持った男が暴れたとのニュースが流れた。

私が向かっていた駅だった。

【見過ごせぬ未来】

幕間

寝る前に読むんじゃなかった。

海さんの１４０字小説は、笑えるものや泣けるものもあれば、ゾッとするような話も時々混ざっているから困る。そういう作品は、事前に怖い系ですって注意喚起が欲しいと個人的には思う。自慢じゃないけど、私は結構、怖がりな方だ。ホラー映画だって、夜は一人であんまり観たくない。

なんとなくカーテンの隙間が気になったので、私はベッドから降りて窓の鍵を確認してからカーテンを閉め直す。ついでに、玄関のカギも確認する。うん、大丈夫。

こういう時、一人暮らしはちょっと心細い。前に住んでいたマンションで、お隣さんで怖い思いをしたから、というのもある。

当時、私の部屋の隣に住んでいたのは、30代のサラリーマンだった。ばったり出会うと、いつも笑顔で挨拶してくれる感じのいい人だった。

残業で帰りが遅くなって、最寄り駅についたら雨が降っていて、しかも傘を持っていなくて最悪の気分のとき、同じくたまたま残業帰りだったお隣さんとバッタリ会った。

「よかったら、入っていきますか？」って傘に入れてくれた時は嬉しかった。

それからも、バッタリ会う機会は多かった。

朝、ゴミを出しに行くとき。

近くのスーパーで夕飯の食材を買っているとき。

出社するとき。

いろんな場面でバッタリと出会う。

そりゃ、隣に住んでるんだし、最初はそんなものかなって思ってたけど、あんまり頻度が多いから段々と怖くなってきた。

でも「私に合わせてます？」って聞くのも勇気がいるし、万が一勘違いだったら自惚れっぽくて恥ずかしいので、これといった手を打てずにいた。

だけどある日、ふと思いついた。

仕事帰り、最寄り駅につくと、私はいつもとは反対方向の出口から駅を出た。そして、いつも使っている出入口に後ろから回り込む形でこっそり向かうと、遠目にお隣さんの姿が見えた。

誰かを待ち伏せしているみたいに、チラチラと改札の方を覗き込んで、ホームから出てくる人を見ていた。

私はとても怖くなって、実家にこの件を相談すると、お母さんが「すぐに引っ越しなさい」って言ってくれて、引っ越し費用まで出してくれた。

お父さんならきっと「独り立ちした娘を甘やかすな」って言うに違いないから、お母さんが説得してくれたのか、自分のお財布から出してくれたんだと思ってる。

本当に、お母さんには頭が上がらない。

あぁ、そうだ。その恩返しを、私はまだしていなかった。

海さんの１４０字小説にお隣さんの話が出てきたおかげで、怖い記憶だけではなく、そのことも思い出せた。

今度、実家に帰ったら、何か美味しい物をご馳走してあげなくちゃ。

第3章

皮肉

Irony and humor.

「今日は皆に転校生を紹介する…が、その前に転校生の鈴木さん、君に言っておくことがある」

「なんですか先生？」

「パンをくわえながら登校するな。朝食は家でとりなさい」

「はぁい」

「あとバイク通学は禁止だ。いいな？」

「はぁい」

「よし。じゃあ君の席は、今朝病院に運ばれた安田の隣だ」


【曲がり角にご注意を】

「最近、英語のリスニング頑張ってるんだ」

「映画を字幕なしで見れるようになりたいって言ってたもんね」

「でも、相変わらずなに言ってるか全然わかんねぇんだ」

「そんな難しいの？　なんて映画？」

「これ」

俺はスマホで映画を再生する。

「わかる？」

「うん、これがフランス語ってのはわかる」

【勉強不足】

【黒いガソリン】

コーヒーはガソリンである。砂糖やミルクのような不純物を入れてはいけない。カフェインが睡魔を撃退し、本来のパフォーマンスを発揮させてくれる。今日も缶コーヒーを傾け、カフェインを体に注入する。いい感じだ。脳がフルスロットルで回転するのがわかる。ふと見ると、缶にはノンカフェインと書いてあった。

時間とは寿命だ。

時間を無駄にする事は、命を無駄にするのと同義だ。俺は1秒も命を無駄にしたくない。だから、大学構内も常に走って移動している。服装も毎日同じ格好だ。服を選ぶ時間が惜しいから、同じのを何枚も持っているのだ。つい最近、陰で「ゲームの主人公」って呼ばれてると知った。

【誰もが主人公】

ぐっ……すべって打った頭から、血が止まらない……。

まずいぞ……意識が薄れてきた。救急車は呼べたが、間に合うだろうか……。

万が一……俺が死んでも家族が処理に困らないよう……ＰＣや銀行のパスワードを遺さねば……ペン……ない……仕方ない、血文字で残すか……パスは……

最愛の……弟の……名……『ｍａｓａｙｕｋｉ』

【濡れ衣】

俺は今、落下するエレベーターの中にいる。イチかバチか、こうなったら1Fに激突する直前にジャンプするしかない。

俺はエレベーターと一緒に落下している状態だが、落下速度を相殺するほどの威力で床を蹴れば助かるはずだ。

……よし、今だッ！

おかげで1つ、わかったことがある。

天国って意外と湿度が高い。

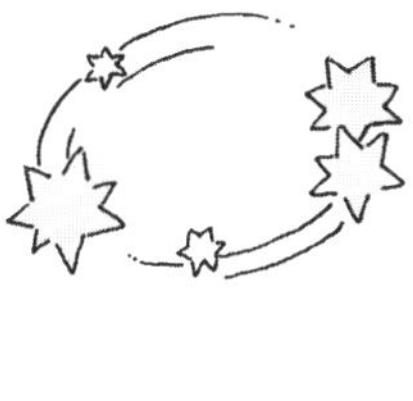

【チャレンジ精神】

「お前、逆突き以外も使えよ」

　空手部でそう言われ続けて2年。それでも俺は逆突きだけを磨き続けた。毎日１０００回の逆突きを欠かしたことは一度もない。いつしか俺の逆突きは神速の域に達し、他校からも〝逆突きの池田〟と恐れられた。そして迎えた決勝戦、あり得ないほど美しく、俺の回し蹴りが決まった。

【伏線】

小・中学校では、運動ができる奴がモテると知り、俺は必死に体を鍛えた。
高校・大学では、勉強ができる奴がモテると知り、俺は必死に勉強した。
社会では、金を持ってる奴がモテると知り、俺は必死に稼いだ。
あの世では、生前に徳を積んだ奴がモテると知り、俺は後悔した。

【つみ人】

「…チェンジ」

後ろからポーカーを観戦していた俺は驚愕した。Aの4カードが揃ってたのにチェンジだと⁉　なんたる度胸…これが勝負師というものか…。

「驚くのも無理はない」

常連らしきギャラリーが俺に耳打ちしてきた。

「あいつロイヤルストレートフラッシュしか知らないから、それしか狙えないんだ」

【0・000015%の勝算】

コンビニ強盗は銃を突き付けた。

「金を出せ」

「お客様、大変です！」

「あ？」

「銃にセーフティー（安全装置）がかかったままです」

強盗は鼻で笑う。

「そうやって隙を作ろうってか？　クラシカル（古典的）だな…その手には乗らねぇよ」

強盗は勝ち誇り、続けた。

「モデルガンにそんなモンねぇからな」

【ルーキー（新人）】

「お前の代わりなんていくらでもいるんだぞ？」

「はい。ですので、今日は辞表を持ってきました」

懐から辞表を取り出すと、課長は悲しそうな顔を見せた。

「…でもな、俺にとってはお前しかいないんだ」

そう言って、課長は俺の辞表を破り捨てた。

「課長…」

俺は懐から代わりの辞表を取り出した。

【お代わり】

すれ違いざまに、俺は男の尻ポケットから財布を抜き取る。楽勝だ。

盗んだ財布を懐に入れた瞬間、異変に気付いた。俺の尻から財布が無くなっている。

「しまった…奴は同業者だったか！」

戦利品である財布を開くと、入っていたのは５４２円だった。

よし、勝った。１２１円、俺は得をしたのだから。

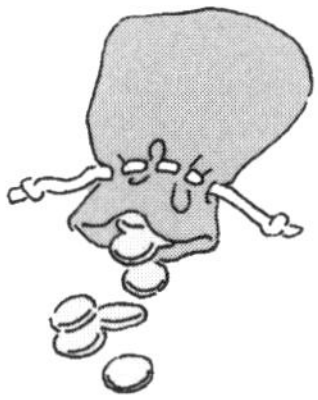

【プロの攻防】

「部長、コレを受け取って下さい」

部下から手渡されたそれは、退職願だった。

「…辞めるのか？」

「いえ、辞めるのは部長です。お願いですから退職してください」

「は？」

まさかコイツ…退職願の意味を勘違いしている？

すると、部下は続けた。

「部長は、こんな会社にいるべき人ではありません」

【いい人】

こんな会社絶対辞めてやる。と思ってたけど先輩のおかげで考えが変わった。

炎上案件の最中なのに先輩が「今日結婚記念日なんだろ？　早く帰れ」と俺の分まで仕事してくれたからだ。この人と一緒に働きたいって思った。だから、彼の耳元でこう囁いたんだ。

「先輩。こんな会社、俺と一緒に抜けません？」

【引き抜き】

ゲーム配信をしていると、毒舌アンチに粘着された。調べると、そいつもゲーム配信者らしい。悔しくて、俺はとっておきのプレイ動画の録画を配信した。

『うっわ下手すぎ…ホント才能ねぇな…死んだ方がいいよマジ』

今日も奴の毒舌が冴え渡る。まぁ、その動画、昔のお前のプレイ動画なんだがな。

【初心忘るるべからず】

「お前、まだあんな陰キャとつるんでんの？　悪いこと言わねぇからあんなのと縁切れって。スクールカースト底辺に落ちてぇの？　最近のお前が死んだ魚みたいな目してんのも、ぶっちゃけアイツのせいだろ（笑）」

ついに我慢の限界を迎えた俺は、この男を殴った。

「友の侮辱は構わないが、俺を侮辱するのは許さん」

【プライド】

「ＨＥＹ彼女！　俺で妥協しなぁい？」

「気に入らない」

「…ですよね」

「違うよ。そうやってフザけて、断られても傷付かないよう予防線を張ってるのが気に入らないの」

「⁉」

「失敗を恐れないで。ほら、もう一度真剣に言ってみて？」

「…お姉さん、俺とお茶してくれませんか？」

「僕、男です」

【中性的】

ルンバが壊れたので、廃棄場所に置きにいった。去り際に、涙が溢れた。仕事ができなくなったからといって、ゴミとして捨てられるこのルンバに、自分を重ねてしまったのだ。雨の中、俺はルンバを拾い上げ、胸に抱き、人目もはばからず泣き叫んだ。ここまで説明して、ようやく警察は俺を解放してくれた。

【憐憫】

お爺さんはある日、罠にかかっている鶴を助けた。別の夜、お爺さんの家に白い着物姿の若い娘がやってきた。娘は裾をまくって足を見せると、そこには酷い傷跡があった。娘は氷のような目で問う。

「あの罠を仕掛けたのは誰か、ご存知ですか？」

爺さんは滝汗をかきながら、答えた。

「ワ、ワシじゃないぞ…？」

【鶴のお礼参り】

「お爺様、お婆様、ただいま戻りました」

「おぉ、桃太郎…！　鬼は退治できたかい？」

「…お爺様。鬼がどのように産まれるか、ご存知ですか？」

「？」

「鬼ヶ島には、大きな大きな桃の木が1本、ございました」

「……」

「…最後の鬼を、退治致します」

そう言って、桃太郎は己の首に、刀を添えた。

【鬼退治】

面接官をやるなら、就活生のＳＮＳアカウントを裏で調査しておくなんて基本中の基本だ。いま俺の目の前にいる就活生は、ＳＮＳ上でも真面目で、全く問題なかった。

「では最後に、何か質問はありますか？」

「面接官さんは先週からＳＮＳ上で女の子に猛アタックしてましたが、会えました？」

「…………いえ」

【見つめ合うと】

戦友の戦死報告を受けても、彼は眉一つ動かさなかった。

「お前、何も思わないのか？」

「当然だ。もう慣れたよ」

そんな彼だが、死んだはずの戦友と再会できたとき、別人のように泣いていた。

「安心したよ。お前も人の子だったんだな」

「…生還してくれることには、まだ慣れてないだけさ」


【耐性】

前人未踏の世界最難関の山。

その頂に俺は遂に到達した。

人類未踏の地を単独で踏みしめた栄誉と快感に酔いしれていると、視界の端に入るものがあった。

「…俺は、二番手だったのか」

そこには登山者の遺体があった。

俺は遺体から、なにか名前がわかるものを探した。

生きて、彼の栄誉を伝えるために。

【敬意】

「お！　この店、ＳＮＳで宣伝したらフォロワー数×10円で値引きしてくれるって！　入ろうぜ！」

「先輩、ＳＮＳなんてやってたんスか？」

「おう。遠慮せず食え、俺のおごりだ」

「マジすか！　あざっす！」

　後日、先輩のアカウントを見つけると、フォロワーは５人だった。俺は、先輩をフォローすることにした。

【遠慮がちな後輩】

天国にも酒場ってあるんだな。

フラリと立ち寄ってみると、常連っぽい中年が声をかけてきた。

「見ない顔だな。天国へようこそ」

「ども」

「生前は何やってたんだ？」

「しょぼいコソ泥さ」

「おいおい、それでよく天国に来れたな」

「駅に置いてあった鞄を盗んだんだが、中身が爆弾だったんだ」

【結果オーライ】

「見ろよ。『底無し沼』だって。本当かな？」

「試してみれば？　ヤバかったら引き上げてやるよ」

すると、友人は「ヨシ」と言って底無し沼にドボンした。

「…あ、やべ、これやべぇ！　引っ張って！　早く！　早くぅ!!」

「わかったから落ち着け、ビビリ過ぎだろ」

「違う！　何かが俺の足引っ張ってる!!」

【先人たち】

夏休みが終わるなり、僕とA君は職員室に呼び出された。

「お前ら読書感想文見せ合ったろ？」

そんなことはしてない。でも、僕たちの感想文はなぜか、一字一句同じだった。


あぁ、そうか。

僕たちは同じ感想ブログを真似てしまったんだ。

でも、怒られたのは僕だけだった。

それは、A君のブログだったから。

【読書好きと読書嫌い】

インスタでめっちゃ可愛い女の子のアカウントを見つけた。『可愛く撮れた♪』と上げられた写真は今日もめちゃ可愛い。

出会い目的と悟られないよう、慎重に交流を重ね、ついにリアルで会うことになった。緊張する。が、現れたのはオッサンだった。

「これ詐欺だろ…」

「いえ…僕、カメラマンなんですが」

【注意書き不足】

本日夕方頃、××駅のホームにて、中年男性が女子高生を組み伏せていたところ、周りの乗客に取り押さえられました。中年男性は駅員に連行され、暴行の理由について以下の通り供述しました。

「ついカッとなってしまった。今では反省している。彼女が二度と、自殺なんて馬鹿な真似をしようとしないことを祈る」

【娘と重ねて】

「ふふっ」

思わず笑い声が漏れてしまい、口元を手で覆った。

社員食堂でパスタを食べ終え、なんとなくスマホで海さんの１４０字小説を眺めていると、不意にツボに刺さる作品が目に入ってしまった。特に、天国の話が面白かった。

こういうことがあるから、外でスマホを眺めるときは気を付けないといけない。でも、笑ってはいけないシチュエーションだからこそ、逆に笑えてしまうときってあると思う。

今日の午前は、久しぶりに先輩に怒られた。

それは、お得意様に送った資料が古いバージョンだったという些細なミスだったけど、最近は忙しかったせいか、そんな軽微なミスが重なり、ついに先輩からお叱りを受けてしまったのだ。疲れているときに怒られるのは、平常時よりずっと心に響く。

そんな私にとって、海さんのユーモアのある作品は癒しだった。

父の文章にも、これくらいのユーモアがあれば、昔の私でも楽しめたのにと思う。

父は、小説家を目指していた。

一度、父の文章を読ませてもらったことがある。

でも、漢字も言い回しも難しいし、とてもわかりづらくて、読んでいてあっという間に眠くなってしまい、最後まで読めなかった。もちろん、そんなことを伝えたら怒られるだろうから、私は「面白かったよ」と伝え、原稿用紙の束を返した。

そうしたら、物凄く怒られた。

「お前はいま、とても失礼なことをした」

あのときの父の激怒した顔と言葉は、今でも鮮明に覚えている。それは多分、私の心にも響くものがあったからだと思う。

出来不出来にかかわらず、人が真剣に創ったものに対して、私はとても不誠実に応えたからだ。相手の心を思いやっての嘘ならまだしも、私は保身のために嘘をついた。

そんな私の心の内を見透かしていたからこそ、父は私に怒ったんだ。

あのときはとても怖くて泣いてしまったけど、大人になればなるほど、あのときの父の怒りに感謝している自分がいる。たとえ、あれは教育などではなく、父の私情だったとしても。

スマホの時計に目をやると、もうすぐ昼休憩も終わりだった。

よし。

午後も、頑張ろう。

少し笑って気分をリフレッシュできた私は、トレーを返却口に置いて、社員食堂を後にした。

第4章

不思議

Sense of Wonder.

私事で恐縮ですが、この度、結婚しました。娘と息子を授かり、２人とも今では立派な社会人です。子供たちが自立し、趣味の裁縫に没頭する老後は、とても穏やかでした。娘と息子は今、孫たちと共に私の周りで泣いています。そろそろお迎えが来たようです。久しぶりに夫に会えます。では皆様も、良い人生を。

【ご報告】

ある日、俺は瞬間移動能力に目覚めた。

俺は人生の勝ち組になることを約束されたようなものだ。

さっそくこの能力をフルに活用して舞台に立つ。しかし観客からは「脱出系マジックとか見飽きたよ」との冷たい声しか上がらなかった。

能力の使い道は他にあったかもしれない。でもマジシャンは、俺の夢だったんだ。

【不器用な人】

「パパ、赤ちゃんはどこからやってくるの？」

「コウノトリさんが運んでくるんだよ」

「じゃあコウノトリさんの赤ちゃんは？」

「コウノトリさんが運んでくるんだよ」

「……パパ、僕の名前言える？」

「コウノトリさんが運んでくるんだよ」

「ねぇ、パパ……」

「コウノトリさんが運んでくるんだよ」

【コウノトリの呪い】

『Ｂｏｔ確認です。以下の問いに答えて下さい』

「なんだ？　全問簡単な算数じゃないか…むしろＢｏｔの得意分野だろ」

選択肢の中から回答を選ぶ。

「…待て、全問答えがＡになっちまった…どこか計算ミスってないか？」

しばらく悩んでると画面が切り替わり、次に進めた。俺はＢｏｔじゃないと判断されたらしい。

【ヒトの性質】

【マッチングアプリの主】

マッチングアプリで知り合った男性と待ち合わせしてると、怪しいオジさんが話しかけてきた。

「お待たせしました」

「は？　誰ですか？」

「タロウです」

「え？　写真と違い過ぎません？」

「あれは10年前の写真ですので」

「いやそれ規約違反じゃ？」

「失礼な。載せてから10年が経過しただけですよ」

なんだか教室が騒がしい。集合写真に幽霊が写り込んだとかで、盛り上がってるみたいだ。

「見ろよこの陰気な目。間違いなく、生前は陰キャだったね」なんて声が聞こえてきて笑えた。

「陰キャは、自分から写真に入ったりしないよ」

そう呟いたが、誰にも聞こえてないようで、僕は窓から教室を出た。

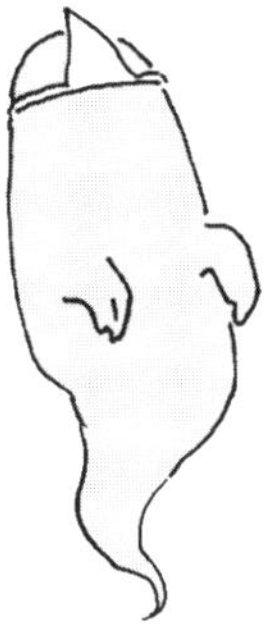

【理解者】

こんな惨めな新郎がいるだろうか。

なぜかって、俺側の友人席は、全員レンタル友達だからだ。席を埋めるほどの友人なんて俺にはいない。スピーチをしてくれる親友もレンタルだ。俺との架空の思い出を語る姿に、涙が出そうになる。

結婚2年目にして知ったことだが、妻の側も、全員レンタルだったらしい。

【似たもの夫婦】

先輩は私の憧れだ。

物怖じせず上司に意見するし、堂々と定時で帰るし、飲み会も「気分じゃない」と断れる。

「私も先輩みたいになりたいです」

「ふーん…じゃあ私の師匠を紹介してあげるよ」

後日、公園に案内された。

「この方が私の師匠」

そこには、１匹の猫が気持ちよさそうに寝転がっていた。

【猫のように】

幼馴染みと俺の中身が入れ替わって５日になる。いつになったらお互いの体に戻れるんだろう。

「お母さん。俺…あ、私、今日、晩ご飯いらないから」

「懐かしいわね」

「？」

「覚えてないわよね。アンタ小さい頃、一人称をよく間違える時期があったの」

もしかして…。

今、俺たちは入れ替わってるんじゃなくて…。


【入れ戻り】

娘の誕生日に、赤ちゃんの人形をプレゼントした。電池で動いてバブバブ言うやつだ。

「バブバブ！」

人形の可愛らしい声に娘は満足しているようだ。「よしよし」と言って娘は人形を夢中であやしている。パパにも抱っこさせてもらうと、なぜか動かない。電池切れか？　確認すると、電池は入ってなかった。

【反抗期】

ＡＩが奪える人間の仕事には、限界がある。

俺はたった今読み終えた小説を閉じ、涙を拭いた。そう、たとえばこういった心を打つ物語は、ＡＩには創れない。なぜなら、ＡＩには心がないから。文字をどう羅列すれば人の心は動くのか、それは人間にしかわからない世界なのだ。検索すると、小説の作者はＡＩだった。

【人の創りしもの】

へー。今時は、外出中でもペットの様子を見られるカメラなんてあるんだ。いくつか買って家に設置した。

さっそくスマホで確認してみる。目を覚ましたポチが私を探して家の中をウロついている。可愛い。ポチは玄関まで来ると、施錠した扉を叩きながら叫んだ。

「誰かぁ！　頼む！　ここから出してくれぇ！」

【拾ってきたペット】

－　　　　神近－
－　　　　中一－
－　　　山秋川－
－　　　　井美－
－田　中無敵太郎－

人名落ちものパズルか…俺、歴史苦手だから、人物のフルネームとか全然わかんね。いいや、適当に友達の名前揃えるか。お、消えた。

……なんで？

嫌な予感がした俺は田中に電話した。出なかった。田中は未だに、見つかっていない。

【1連鎖】

最近どういうわけか、20代後半の男女グループの宿泊客が増えている。どれも30人くらいの大所帯だった。旅館側が言うのもなんだけど、大人ならもっと、いい旅館に泊まれるだろうに。気になったので、どういう集まりなのか聞いてみた。

「昔、コロナで行けなかった修学旅行を今、取り戻してるんですよ」

【青春の回収】

大学からの帰り道、オジさんに話しかけられた。

「やっと見つけた…」

「え？」

「誓ったじゃないか。来世でまた一緒になろうねって」

「はぁ？」

ヤバい人だ。めっちゃ怖い。最終的に警察につれていかれるときオジさんは必死に何かを叫んでいた。あぁ怖かった。私の前世の相手は、あんな醜男《ぶおとこ》じゃない。

【輪廻転生ガチャ】

あれ？　俺は今、車にはねられたはずじゃ…？

振り返ると、地面に倒れてる俺の姿が見えた。そうか…今の俺は霊体ってやつか。俺の身体の周りには人が集まり、ＡＥＤで心肺蘇生を試みてくれている。頼む！　助けてくれ…！　お、やった！　俺が息を吹き返した！　意識も回復したみたいだ！　…じゃあ俺はなんだ？

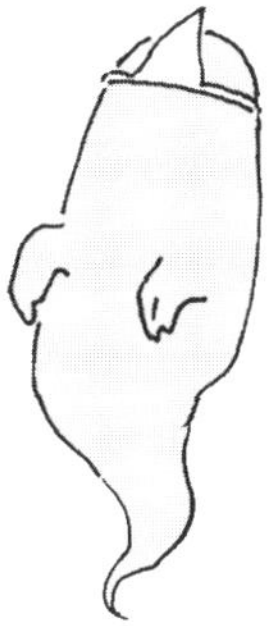

【What am I?】

「ねぇ、ワタシ綺麗…？」

「ん？　お姉さん、どこ？」

「…アナタ、目が見えないの？」

「うん。でもね、おかげでいろんなことがわかるようになったの」

「……」

「お姉さんのお顔は見えないけど、心が綺麗なのはわかるよ！　そういう声、してるもん」

「……」

「お姉さん？」


以後、口裂け女は現れなくなった。

【心の形】

地球を背に宇宙ステーションで外壁のメンテをしていると、奇妙なモノが漂っていた。

人骨だ。

持ち帰って検査してみたが、やはり、人骨で間違いなかった。どうして宇宙空間にこんなものが…？

調べると、すぐに真相はわかった。今ごろ地球では、宇宙葬のやり方について見直していることだろう。

【夜空を見上げて】

トロッコ問題。分岐点の先で線路の上に寝かされている5人と1人。どちらを救うかレバーで決める。

「お前ならどうする？」

「寝かされてたっけ」

「そこはなんでもいいだろ」

「人をどかせて救えないの？」

「無理」

「じゃあ1人を諦める。その代わり、トロッコが来る前に、僕も隣に寝てあげる」

【優しい人】

リモート技術はずいぶんと進化した。映る相手の姿を、観る側は任意のアバターに着せ替えられるようになったのだ。姿だけじゃなく、声までもだ。若い社員は皆、当たり前に使いこなしている。気味の悪いことに、彼らは俺の説教を陰で喜んでいるそうだ。恐ろしい。俺の姿はいったい、彼らの目にどう映ってるんだ？

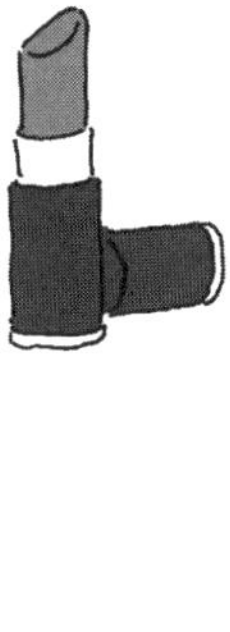

【ご褒美】

「ここ、97行目でネストさせてるfor文に}が1つ足りないのがcompileエラーの原因だよ」

「本当だ…」

「ふぅ…家に仕事を持ち帰らないでよパパ」

「悪いな。今どきは小学校でプログラミングを習うそうだが、すでにパパ以上だな」

「僕なんか全然だよ。一番すごかった子の家には、この前FBIが突入してたもん」

【IT革命】

手紙が届いた。

小学校のころに埋めたタイムカプセルが開かれたらしい。そうだ、思い出した。手紙のテーマは『将来の自分へ』だった。でもなにを書いたのか、もう思い出せないのだ。手紙にはこう書かれていた。

『将来の僕へ。お医者さんにはなれましたか？』

独房の中で、俺は声を押し殺して泣いた。

ＡＩ知能の進化は、行き着くところまで来た。

メッセージのやり取りだけなら、もはや人間と区別がつかない。良くも悪くも、それは夫津木《ふつき》博士のおかげだ。彼はＡＩ科学を１００年進めたと言われている。博士はいまわの際に、こう遺したそうだ。

『妻を再現することはできなかったが、ようやく、会える』

【悲願】

最近の世の中は、映画も音楽も服も、果てはＥｘｃｅｌまでなんでもサブスクだなぁ。俺はサブスクが苦手だ。課金をやめたら手元になにも残らないって点が、なんだか虚しいからだ。

なけなしの金で買ったパンを見つめ、気付いてしまった。

「あぁ…そもそも、命がサブスクだった」

貯金はもう、残り少なかった。

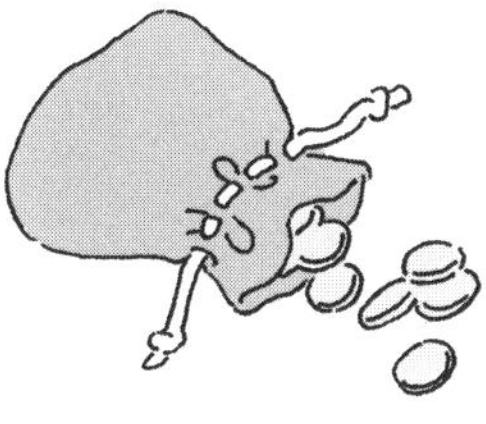

【課金命】

僕の祖父は棋士だ。

同じ棋士として祖父と戦うことが僕の密かな夢だった。でも、僕が棋士になると同時に、祖父は他界してしまった。僕の夢は永遠に潰えたのだ。

ある日、祖父の親友が開発したＡＩと対局していると、妙な懐かしさを感じた。

「……爺ちゃん？」

ＡＩの中に、祖父の棋風を見た気がした。

【面影】

シゲルは、ゲームのボス戦で負けそうになると、すぐリセットする困った奴だった。

そんなシゲルが受験に落ちたらしい。家に行くと、シゲルは意外と元気そうだった。でも、机の上の新品のカッターが気になった俺は、それを盗んだ。

大人になって、同窓会で彼にこう言われた。

「あのときは、ありがとう」

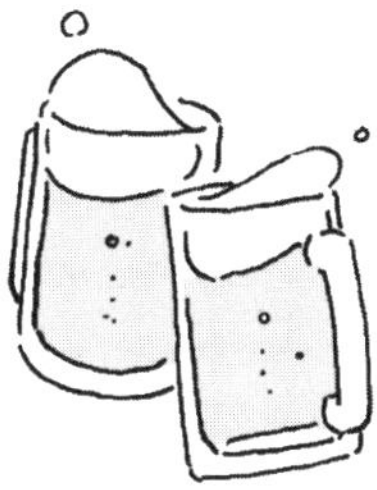

【コンティニュー】

「近くで殺人事件があったらしいよ」

「マジ？」

「しかも、まだ凶器の包丁は見つかってないんだ」

「…待て、なんで見つかってないのに、凶器が包丁って知ってるんだ？」

「…頼む、犯人を見つけてくれ」

そこで目が覚めた。ＴＶでニュースが流れた。被害者の名前に、夢に出てきた友人の名があった。

【託された夢】

「予告通り、今日、お前の命を取り立てる」

死神が鎌を振り上げるのを見て、俺は目を瞑る。

「あぁ。おかげで、人生で最も充実した1年間だったよ」

「どうだ？　まだ『死にたい』か？」

「…いや、生きたい」

俺の頬を、一筋の涙が流れた。

「今までのお前は、今、死んだ」

目を開くと、死神の姿は無かった。


【誕生日】

ウチの猫のミケとタマ。この２匹だけが俺の生きる理由だ。２匹を拾ったその日から、俺はもう死ぬことを考えなくなった。でも、この子たちは俺より先に死ぬ。そのとき、俺は再び自殺を求めるかもしれない。

ある日、ミケの様子がおかしくなった。病院に連れていくと妊娠していた。

「生きて」と言われた気がした。

【命のバトン】

アラームをかけなくていい朝は、何回経験しても飽きない。

今朝もそんな至福の時をベッドの中で過ごし、ベッドの中から暖房をつけて、部屋が暖まるまでの間、スマホでふと目についた海さんの１４０字小説を読んでいた。

そして、昔、実家で飼っていた猫を思い出した。偶然、海さんの作中に同じ名前の猫が登場したからだ。でも、結構ありふれた名前だから、大した偶然じゃない。

その猫は、元々、実家の近所に住んでいたお婆さんの猫だった。お婆さんは、お爺さんに先立たれて久しく、息子さんも上京して家庭を築いていたそうで、つまり一人暮らしだった。

お婆さんは、もしよければこの子をもらってくれないかと、ウチの母に相談に来たらしい。単純に猫が欲しかった私は、ぜひウチに迎え入れてあげようって、母にお願いしたのを今でも覚えている。むしろ、こんなに可愛い猫を、お婆さんはどうして人にあげちゃうんだろうって当時は疑問だった。

でも、今思えば、あれはお婆さんの愛猫に対する最後の配慮だったんだろう。老人の一人暮らしは、一見まだ元気でも、いつなにがどうなるかわからないから……。

譲り受けたとき、猫は既に立派な大人だったから、私が実家を出る前に、亡くなってしまった。

あのときは、すごく泣いた。

エサをあげるのに使っていたお皿とか、私が描いてあげた絵が、余計にあの子が旅立ってしまった悲しさを際立たせた。

子供ながらに初めて、死ぬってどういうことかを意識したと思う。

私は、結婚願望が薄い方だ。

もしこのまま誰とも結婚しなければ、私は孤独な老後を迎えることになる。

それは怖いと思う反面、それでもいいと思える自分もいた。

だって、よく孤独が嫌だから結婚するって聞くけれど、結婚したからって孤独じゃなくなるとは限らない。

夫婦仲が悪く冷めきってしまうかもしれないし、離婚するかもしれない。そうやって、夫婦でありながら寂しい思いをするケースは珍しくない。

何より確実なのは、先立たれることだ。

例え事故や病気がなくても、いつかどちらかが先に老衰するのは確実。そうなった時、家族もパートナーもそばにはいない、確実な孤独が待っている。今まで長い時間を過ごしていただけに、その時の孤独感はひとしおだと思う。

私は、それを味わうのも、味わわせるのも嫌だった。いっそ、最初から孤独に慣れて、孤独と仲良くなれた方が、まだマシなんじゃないかって考えるのは、さすがに極端が過ぎるかな。

でも、そんな考え方が少なからず、私の結婚願望の薄さに拍車をかけているのは間違いなかった。

だって、昔と違って、今の世の中には楽しいことや幸せなことがたくさんあふれてるんだから。

そろそろ部屋も暖まってきたので、私はいい加減に、ベッドから出ることにした。

第 5 章

作家

Creation and agonizing.

最後のページをめくり、ため息をついた。何度読んでも面白い。でもネットで感想を漁ると、解釈違いばかりだった。

『最後、主人公はサブヒロインとくっついたでしょ？』と指摘するたびに『どう読んだらそうなる？』『国語、苦手でした？』『読解力が地獄』『半年ＲＯＭれ』と言われて凹んだ。

作者、私なのに。

【作者も一読者】

現代文の問題用紙を開くと、我が目を疑った。俺の書いた小説が載っていたからだ。

なんで⁇

これは夢か⁇

しかし夢ではなく、俺はその問題を解くしかなかった。当然、全問正解だ。

後日、入試問題に著作物を利用する場合、作家への許可は不要で大抵は事後報告だと、俺の担当編集者が教えてくれた。

【覆面若手作家】

「僕、本気で漫画家目指すんで、学校辞めました。漫画の勉強に集中したいので」

なんて馬鹿なことをと周りは呆れたが、俺は彼の目の奥に、熱く固い意志を見た。

「頑張れよ。俺は応援してるからな」

「ありがとうございます！」

「お前なら、第二の手塚治虫になれるかもな」

「手塚治虫って誰ですか？」

【愚者か大物】

「ＹｏｕＴｕｂｅｒで食べていけてるのかね？」

「はい、一応…」

「だが、収入に安定も保証もないのだろう？」

「そうですね…」

「不安はないのか？」

「もう慣れました…」

「話にならんな。もっと将来を見据え、危機感を持ったらどうだね？」

「すみません…」

「貯金はどの程度なんだ？」

「２億です」

長年付き合った彼氏にフラれた姉は、死ぬほど凹んでいた。心配になって部屋に様子を見に行くと、泣きながらＰＣのキーボードを一心不乱に叩いていた。

「何してるの？」

「今の気持ちだからこそ書ける文章が、ある気がするの」

姉が作家志望だと、初めて知らされた。

きっと、姉ちゃんならなれるよ。

【貪欲】

僕の友人は紛れもない天才俳優だ。

役に没入するあまり、日常生活の中ですらその役になりきってしまうほどだ。

そんな友人と飲んでいた僕は、つい愚痴を漏らした。「僕も君みたいに、なにか才能があればなぁ…」

「なに言ってんだ、お前は天才だろ。役作りは順調か？　たしか今度は『天才俳優の友人』役だっけ？」

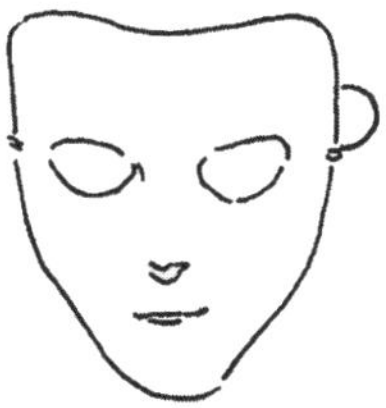

【カメレオン俳優】

綺麗な写真を撮る人だった。

構図もレタッチも完璧で、その人が写し出す自然美の数々に私はすっかりファンになった。

でも最近その人は自撮りしか投稿しなくなった。

もしかしてアカウント乗っ取られた？　なぜ風景を撮らなくなったのかＤＭで聞くとこう返ってきた。

『一番美しいのは私だと気付いたので』

【灯台下暗し】

どうしよう…私の小説、誰も読んでくれない。

「きっと掲載場所が悪いんだ」

私は服を脱いでお腹に小説を書き、それを写してアップしたら、恐ろしいほどバズった。いつしか収益化もされ、小説で食べていく夢は叶った。

「…そうじゃない」

私は握っていた筆を折り、服を着て、キーボードの前に座った。

【作家志望、筆を折る】

奇妙な新連載がスタートした。

第1話目のはずなのに、第１００話と表記されてるのだ。最初は印刷ミスかと思ったが、翌週は99話と記載されてた。なるほど、そうか。この物語は、過去にさかのぼっていく話なのか。真の1話目にはなにが仕組まれているのかと、俺は毎週楽しみに読んだ。76話目で打ち切りになった。

【過去には戻れない】

まるでゴッホのような小説家だなと思った。

彼は、亡くなってから有名になったのだ。投稿先が悪かったのか運が悪かったのか…きっと両方だろう。彼の作品はネットから発掘されるたびに売れた。その中でも特に売れた作品の最後の一文は、印象的だった。

『この世界は、私が生まれてくるには幼過ぎた』

【すれ違い】

まず物語が稚拙。元殺し屋が組織を相手に無双する展開は上司の顔より見たので、なにか独創性が欲しかった。格闘シーンは全員太ってるのでパンチしかしない。ハッカー役は人差し指タイピング。銃撃シーンも6発装塡《そうてん》のリボルバーで9発撃ったりと、いろいろ粗が目立つ。でもヒロインが妻に似てたので★5です。

【加点式レビュー】

結婚の報告をすると「これが俺からの精一杯の贈り物だ」って作家志望の友人が俺たちのために一編の小説を書いて贈ってくれたんだ。でも絶対こいつ売れないなって思った。不謹慎過ぎる。ミステリだからって嫁さん殺しちゃダメだろ。しかも犯人俺だし。意味わかんねぇ。なんで俺の計画バレてんだよ。

【予知作家】

クソ上司にはウンザリだ。

一発当てて脱サラしようと、ラノベを書く事にした。まず、勇者として召喚されて…。

「勇者ってなに？」

息子が純粋な瞳で聞いてくる。

「悪い奴に負けない、勇敢な人のことだよ」

「じゃあ、パパは勇者だね！」

俺は泣きながら息子を抱きしめた。

パパ、上司になんか負けないよ。

【勇者の定義】

【神々の神】

異世界転生した俺のチート能力名は〝神殺し〟だ。

この力で悪神を倒し、英雄となった俺は唐突に悟った。俺はマンガの中の住人なのだと。

作者の思い通りの人生なんてごめんだ。いっそ神（作者）にこの能力を…。

『よせッ！』

⁉　頭に直接声が…。神（作者）か⁉

『それをやると…』

やると…⁉

『編集長が死ぬ』

田中 弘
本庄 綾子
白鳥 啓介
全力院 玉蹴之助
神田 淳史
山田 由香里

「まただ…登場人物一覧ページの時点で、もう犯人わかっちまった」

「どうしてわかるの？」

「この推理作家、せっかく謎は面白いのに、同じ名前の子が現実でイジメられないようにって、犯人には必ず存在しない名前つけるんだよ」

【玉蹴り殺人事件】

私には尊敬する作家さんがいる。彼の作品はどれも★2・0を切っており、レビューは酷評の嵐だ。なのに、彼は世間の評判を気にせず、息をするように作品を出し続けている。その尊敬すべき鋼の精神はどうやって培《つちか》われたのか、本人にメールで聞いてみると、返信があった。『教えないでほしかった……』

【自己防衛ならず】

外がやかましいな…。そうか、今日はハロウインか。せっかくだからＳＮＳでアンケートをとってみた。

『Trick or Treat?』

すると結果はイーブンだった。今思えば酔っていたのだろう。お菓子代わりに自撮り画像を上げるとフォロワーたちは驚いた。

『女性だったの⁉』

そうだよ。叙述トリック…だっけ？

【Trick & Treat】

１４０字小説を投稿すると、リプがついた。

『バズった俺の作品のパクりだろ』

『いえ、違います』

『おらよ、証拠』

貼られた画像は、確かに一字一句同じで、私より前に投稿されていた。私は昔、ｍｉｘｉにこの作品を投稿したときのスクショを撮り、貼り返した。

『マイミクでした？』

彼は、私をブロックした。

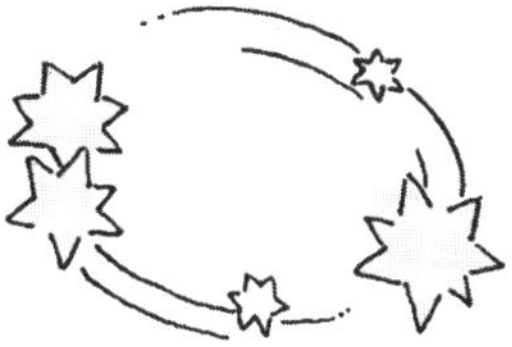

【起源】

「この前『独りが好きな人の特徴』ってツイートがバズってたんだ」

「うん」

「そこに共感の声がたくさん寄せられてたのね」

「うん」

「それ見て思ったんだけど、本当に独りが好きな人間は、そもそもＳＮＳなんてやってないよね？」

　友人は少し考え、こう言った。

「辛党が甘いもの食ってたっていいだろ別に」

【矛盾なき矛盾】

「先生！　いい加減〆切やばいです！　最悪、ネームでいいので下さい！」

「はぁ…仕方ない…本気を出すか…」

先生はそう呟き、リストバンドを外して落とすと、床にめり込んだ。

「⁉」

「30分、待ってな」

そう言って先生は部屋にこもった。

30分後、部屋に入ると、窓が開いてて先生の姿はなかった。

【先生の本気】

描いた絵を投稿していると、憧れの絵師さんがイイネをくれた。

私はそれが嬉しくて、たくさん絵を描いた。

自分でも、昔よりだいぶ上手くなったと思う。フォロワーさんもかなり増えた。でも、憧れの絵師さんは、いつの間にか私にイイネをくれなくなっていた。

私はそれが嬉しくて、もっとたくさん絵を描いた。

【ライバル】

「なぜ何時間も考えた話がバズらなくて、１分で考えた話がバズるんだ…」

「先生、違います」

「⁉」

「何時間も苦悩した日々があるから、たった１分で優れた発想が湧く日も来るのです。迷走という名の鍛錬なくして、名作は生まれません」

「……」

いきなり部屋に現れたコイツが怖くて、私は１１０番した。

【熱心なファン】

「お前、目のクマひどいな」

「最近眠れてなくて」

「なんで？」

「『あなたを誹謗中傷で訴える』ってＤＭ来てさ…脅しだと思うんだけど」

「ＳＮＳでそういうことするからだろ」

「ちょっとストレス溜まってて…」

「…ＤＭ届いたの、３日前の19時32分？」

「え？　なんで知ってんの？」

「お前だったのか」

【ダイレクトアタック】

私はバズるのが怖い。

面白かったことを投稿してるだけなのに、嘘つきだの嘘松だの言われるからだ。おかしいよね。誰でも一度は、信じてもらえない辛さを味わったことがあるはずなのに。お願いだから、嘘つきと決めつける前に、人を傷つける可能性を考えてほしい。確かに私は嘘松だけど、ガチ松のためにも。

【嘘から出たまこと】

「二大文学賞の同時受賞、おめでとうございます」

「ありがとうございます」

「次の目標はありますか？」

「親友に面白いと言ってもらうことです。それは、デビュー前から変わってません」

「ずいぶんと厳しいご友人なのですね」

「ええ。なので、ずっと修練の日々ですよ。彼に天国で読ませる、そのときまで」

【ゴール】

「先生って、作家になる前は何をされてたんですか？」

「詐欺師です」

「…え？」

「物語って、言ってみれば全部嘘じゃないですか。僕、嘘つくのは得意だったんで。特に、説得力のある背景を捏造するのが」

「え…本当ですか？」

「もちろん、嘘ですよ」

先生の腕時計を見ると、ドゥ・グリソゴノだった。

【嘘の名手】

イイネが欲しい。

どうすればもっとイイネがもらえる？

動物モノが簡単にイイネをもらえると聞いた。俺はさっそくペットショップに向かう。チワワ、君に決めた。名前は〝イイネ〟にしよう。仕事から帰るとイイネが出迎えてくれる。それだけで毎日幸せだ。いつしか、俺の中の承認欲求は消え失せていた。

【たった1つのイイネ】

ダメだダメだ…！

書けたはいいが、読み返すほどにつまらなく感じる。俺は尊敬する大作家さんに助言を求めることにした。

「どうしたら納得のいく作品を書けるのでしょうか？」

「簡単だ。私の言う通りにしてみなさい」

俺はコンビニに走り、ウォッカを買って一気に飲んだ。俺の作品が、傑作に化けた。

「なんだこれ？」

届いた書留を夫が開くと、中身はご祝儀袋だった。私も首を傾げた。私たちはもう結婚7年目なのに。だけど差出人である先輩の名を見て、私は彼の言葉を思い出した。

『ごめん…金なくて結婚式行けない…。俺が人気作家になったら、必ずお祝いするから』

ご祝儀袋には、１００万が入っていた。

【有言実行】

「作家に最も必要な能力とは、なんでしょう？」

「月並みな返答で恐縮ですが〝想像力〟ですね」

そう答えた直後、作家は自嘲気味に笑った。

「どうされました？　先生」

「いえ…その想像力をほんの少しでも、大切な人の心に向けられていれば…と思いまして」

作家は、指輪の跡がついた左薬指をなでた。

【想像力不足】

「子供も巣立って定年迎えると、やることがなくなるな」

余生を持てあましてた俺は、実家で古い荷物を整理していると、描きかけの絵を見つけた。

そうだ。

絵描きになりたかったけど、親に猛反対されて、泣いて、そのままにしていた絵だ。俺はその続きを描くことにした。子供の頃に描いた、夢の続きを。

【夢の続き】

幕間

休日の昼下がり。

西欧風のアンティークカフェで、時々コーヒーカップに口をつけながら手に持っているのが、スマホでなければ完璧だった。

こういうとき、漫画ではやっぱり締まらない。ダイエット本でも締まらない。啓蒙書なら少しはさまになるかもしれないけれど、やっぱりこういう場面に一番似合う読み物は小説だと、小説嫌いの私でも思う。あくまで、個人的な感想だけど。

でも、最近では電子書籍が当たり前に普及しているし、誰もがなにをするにもスマホを眺めている時代だ。ざっと店内に視線を向けてみると、私みたいに一人で休日のティータイムを楽しんでる人がチラホラいる。その内の半分くらいは、スマホを見つめている。その視線の先にあるのは、漫画かもしれないし映画かもしれないし啓蒙書かもしれないし小説かもしれない。

ちなみに、私が眺めていたのはSNSだった。インスタでひと通り、友人のストーリーを眺めたあと、ツイッターを開いてなにか面白い投稿やニュースが流れていこないか、ざっと流し見するのが恒例の流れだった。

私はそんなに多くのアカウントをフォローはしてないけど、タイムラインの流れは速い。それでも海さんの投稿がよく目につくのは、多分、ツイッターのアルゴリズムが彼の投稿を優先的に上流に持ってきているからだろう。ちょくちょくイイネを押していたから、すっかり私の好みであると学習されたらしい。

最近、海さんの投稿には作家関連のネタが多いなと思った。

やっぱり、彼自身も物書きだから、思いをはせる機会が多いのかもしれない。

私は、作家というと、どうしても父を連想してしまう。結局、父はその夢を叶えることはできなかったのだけど。

そういえば、なんとなくだけど、海さんの文章は父に似ている。文章には、意外と個性が出るものだ。もちろん、１４０字という短さでは個性を感じる前に終わってしまうけど、いくつもの作品に目を通していれば話は別だ。読点や改行のタイミングとか、文章のリズムとか、言葉選びとか、形容の仕方とか、そういった箇所にだんだんと、人の文章の個性がにじみ出てくる。

案外、海さんと父は、話が合うかもしれない。海さんの１４０字小説を通して、そんなことを考えた。文章が似てるからだけじゃなくて、作品を読むことで、考え方にも近いものを感じるからだ。

たとえば、父は作家に最も必要な能力は想像力であると、常日頃から豪語していた。海さんの１４０字小説内のセリフと同じだ。いや、それは誰でもそう思うかな？

でも、お酒を飲みながら文章を書くスタイルは、やっぱり父を連想する。もちろん、それは作中のお話であって、海さんが実際にそうしているとは限らない。ちなみに、父曰く、そうやってリラックスさせた方が、普段は出てこない突飛で柔軟な発想や言葉が出てくるらしい。

お猪口で日本酒を嗜みながら、万年筆を原稿用紙の上に走らせる父の姿。それを、海さんの文章を通して、私は時々思い出していた。

第6章

家族

Family affairs.

子供が夏休みの宿題をやらない。意地でもやらない。怒れば怒るほどやらない。どうすればいいの…。

って夫に愚痴った日の翌朝。

「よーし！　パパもパパの宿題始めるから、一緒に頑張ろう！」

「うんー！」

って、かつてないほどスムーズに宿題始めてくれた。リモートワークって素晴らしいしパパ素敵。

【終わらない宿題】

和装に身を包み、背筋の伸びた義祖父は、老齢ながらも実に凛々しい。

「僕も義祖父さんのように、良い歳のとり方をしたいものです」

義祖父は首を振り、自室に戻ると、グラサンにパーカー姿で出てきた。

「良い歳のとり方とは、人生を楽しむ心を、忘れないことじゃろ？」

最近ＨＩＰ－ＨＯＰにハマったそうだ。

【クオリティ・オブ・ライフ】

「本当にいいんですか？　この物件は、幽霊が出るとの噂《うわさ》ですが…」
「いいんです」

俺は荷物の開封を終え、部屋の中を見てまわった。柱にはペンで１２０ｃｍと書かれてる。身長を測った跡だ。ふと、人の気配がして振り向いたけど、誰もいなかった。

母さん？

ただいま

俺、今はもう１７８ｃｍもあるんだよ

【里帰り】

今晩、娘が彼氏を連れてくるらしい。しかも大事な話をしたいそうだ。ついにこの日が…。

夜、みんなで食事をしていると彼氏君が口を開いた。

「お義父さんお義母さん…大事なお話が」

「まだ、君にお義父さんと呼ばれる筋合いはない」

「いえ…あります！　僕と娘さんは…ＤＮＡ鑑定の結果…腹違いの兄妹でした」

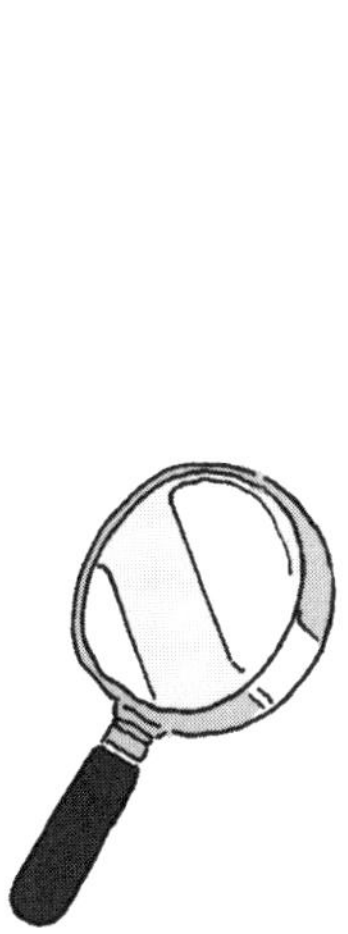

【隠し子】

地元を騒がせる墓荒らしの正体は、小5の男の子だった。

「なんと罰当たりな、祟られるぞ」

と多くの叱りを受けると、男の子は言った。

「祟られたかったんだ」

なぜ、と問うと、さらにこう続けた。

「幽霊の存在を証明できたら、きっとまたお父さんに会えると思ったから」

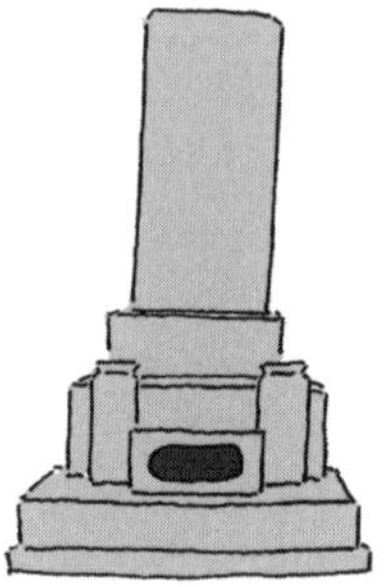

【墓を荒らす理由】

「俺たち、親友だよな」

「どうした改まって」

「戦場に行く前に、お互いだけの秘密を共有しないか？」

「いいぜ」

「じゃあ俺からな。実は俺の姉、血が繋がってないんだけど、好きになっちまったんだ」

「マジなのか？」

「あぁ。次は、お前の秘密を教えてくれ」

「お前の姉ちゃんと付き合ってる」


【友情の崩壊】

最近、家のＷｉ－Ｆｉがやたら重い。もしやと思ってパスワードを変えたら軽くなった。おそらく、お隣さんがウチの電波を使って動画でも見てたんだろう。

後日また重くなった。もしやと思って問い詰めたら、お隣にパスワードを教えてるのは息子だった。Ｗｉ－Ｆｉ使用料として、月千円をお隣からもらってたらしい。

【お小遣い稼ぎ】

「タケシ！　宿題ばっかして！　ゲームはやったの⁉」

「ち、ちゃんとやったよ！」

「エビデンスは？　マイルストーンは把握してる？　まだ進捗報告を受けて無いんだけど？」

「オ、オンスケです…」

「本当？」

「……」

「はぁ…これはパパにエスカレーションが必要ね」

そうして僕は、科学者になった。

【天邪鬼】

「またお腹が痛くなったのかい？」

「うん！　でももう治った！」

そう言ってこの母子はいつも帰っていくのだ。看護師曰く「多分あの子、待合室の『鬼滅の刃』が読みたくて、仮病使ってるんですよ」とのことだ。

後日、いつもの母子が来ると、奥さんはひっそりと私に聞いた。

「あの…先生って独身ですか？」

【それぞれの目当て】

「PS5ほしいんだよなぁ」

友人のそのひとことが嬉しかったんだ。最近じゃ、身近な友人はゲームなんてやらなくなって、語り合える相手は俺の周りにすっかりいなくなっていたからだ。

「あー、まだ入手困難だね…。でも大丈夫！　再入荷の情報入ったらすぐに知らせるよ♪」

「マジ？　悪いな…息子が喜ぶよ」

おかしいな。

そろそろ、子供たちがお菓子をもらいに来るはずなのに、全然来ない。引率の方に電話すると『え、いただきましたよ？　お婆さまが出てくださいましたが…』と言われた。

そっか。

お婆ちゃん、毎年、この日を楽しみにしてたもんね。

遺影に目を向けると、お供えしていたお菓子がなくなっていた。

【死者の祭典】

転売用にＰＳ　ＶＲ２の抽選列に並んでると、隣で親子連れがこんな会話をしてた。

「楽しみだな」

「楽しみ～♪」

が、親子は抽選にハズレたようで、意気消沈してた。

「おい」

「…なんでしょう」

「これ持ってけ」

俺はアタリ抽選くじを親に渡した。俺もヤキがまわったな…。後日、別の会場にその親子はいた。

【転売家族】

「…課長、その腕時計は？」

「あぁ、可愛いだろう？」

俺はキティちゃんの腕時計を誇らしげに見せた。

「え、えぇ…でも仕事場には…」

「そんな顔するな。娘からの誕生日プレゼントなんだよ」

「あ、なるほど」

部下は微笑んでくれた。まぁ、娘なんていないんだが。まだまだ、世の中はポイズンだぜ。


【言いたい事も言えない世の中】

お婆ちゃんが亡くなってから、家の市松人形の髪が伸び始めた。

しかも、一晩経つと勝手に移動している。何度直しても、翌日にはお婆ちゃんの仏壇のそばに移動してる。きっと、髪の毛は伸び始めたんじゃなくて、お婆ちゃんがこっそり切ってあげてたんだ。

今では、私が髪の毛を切ってあげている。

【お婆ちゃんと市松人形】

「お友達、帰ったの？」

「うん。兄貴のこと、カッコイイって言ってたよ」

「おっ…ふ…」

自信がついたのか、それ以来、兄は変わった。オシャレに気を遣い、体も鍛え、勉強も頑張った。大企業に内定をもらい、彼女もできたらしい。私は言葉の重さを痛感していた。たった１つの嘘が、１人の人生をも変えるんだ。


【嘘も方便】

父の訃報が届いた。

俺が歌手を目指して家を飛び出したその日から、俺は勘当されてるというのに、いまさらどの面下げて葬式に出ろっていうんだ。

出棺される父を見送る。話によると、出棺の際に流す曲は、あらかじめ指定できるらしい。それは、父の遺言の一つだったそうだ。

流れたのは、俺のデビュー曲だった。

【ファン1号】

「ねぇねぇ、ママはパパとどうやって出会ったの？」

「そうねぇ…あれは、私が海を眺めながらひとりで泣いてたときだったの。パパが通りかかって、声をかけてくれたのよ」

「わぁ、素敵！　なんて声かけてくれたの？」

「『どしたん？　話聞こうか？』ってコメントくれたの」

「海ってもしかして、電子の海？」

【表現の自由】

『辛いのはみんな一緒だよ。もう少し頑張ろう？　辞めてどうするの？』

母なら絶対にそう言う。

わかってる。

母は私の将来を心配してるだけだ。でも、母の言葉にトドメを刺されるのが怖かった。

私が本当に欲しい言葉は『いつでも辞めていいんだよ』だったのに。

だから今でも、仕事を辞めたと言えていない。

「ママはどうしてパパと結婚したの？」

「私がレンタルビデオ屋でバイトしてたころ、パパは常連さんだったのよ。いつも借りたビデオは最初まで巻き戻してから返してくれた。それで、あぁ、そういう気遣いができる人と結婚したいなぁ…って思ったの」

幸せそうに語るママに私はさらに聞いた。

「巻き戻しってなに？」

【昭和生まれの思い出】

父は寡黙《かもく》で照れ屋だから、大事な言葉はいつもお酒の力を借りて言う。

でも、酔った勢いで褒《ほ》められても、心がこもってないみたいで、少し嫌だった。

私が志望校に合格した日、父からビール片手に「よく頑張ったな」と言われたときも同じ気分だった。その手に持っていたのが、ノンアルだと気付くまでは。

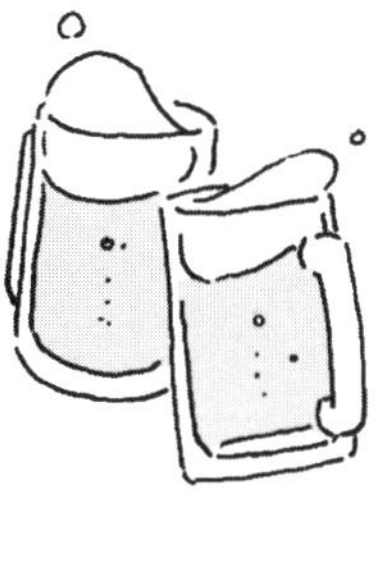

【お酒に頼らず】

「豚さん壊したくない…」

娘は豚の貯金箱に愛着が湧いてしまったらしい。しかし、壊さねばお金は取り出せない。

「娘ちゃん」

「？」

「お金を取るか、豚を取るか、選ぶんだ」

「……」

月日は流れ、娘は高校生になった。

「あ〜…お金欲しい…」が娘の口癖だが、豚さんは今も、娘の机の上にいる。

【愛着】

「兎と亀の話は妙だよママ」

「どうして？」

「そもそも亀はなぜ不利な勝負を仕掛けたんだろ？　兎が寝たのも亀に都合が良すぎる。亀が仕組んでたんじゃ…」

「そうね。でもママはこう思うの」

「？」

「亀は万年だから…きっと、兎が生きてる内に遊びたかっただけなのよ。大事なのは、勝敗じゃないの」

【命短し走れよ兎】

「ねぇパパ、大人になると幽霊って怖くなくなるの？」

「うん、昔よりは怖くないな」

「どうして？」

「そうだなぁ…大事な人とか結構、向こうにいっちゃったからかな。幽霊を怖がってちゃ、可哀想だろう？」

仏壇の前で、そんな父の言葉を思い出していた。

お盆くらい、姿見せてくれてもよかったのに。


【大人の階段】

幕間

今日の私はついていた。

絶対に長引くと思っていた会議が予定よりずっと早くに終わり、定時前に退社することができた。いつもよりたった30分早いだけで、帰りの電車の混み具合は全然変わってくる。おかげで難なく座れた。

明日は華金。あと一日頑張れば週末が来ると思うと、自然と気分も高揚してきた。それに、明日は仕事が終わった後、大学時代の友人と久しぶりに飲む約束もある。楽しいことが控えていると、それだけでワクワクしてくる。

それはそうと、私には最近、気になっていることがあった。

鞄からスマホを取り出して、海さんの今日の１４０字小説の投稿を読む。

……うーん。

これは、偶然なのかな?

最近の海さんの投稿に、ものすごく既視感を感じる。何日分かさかのぼって読み直してみたけど、やっぱりその感覚は深まるばかりだった。

海さんが誰かの作品を模倣しているとかじゃなくて、私の個人的な思い出との既視感を感じる。

例えば、この娘に母が聞かせる、父親との馴れ初めの話。

私のお母さんと父の馴れ初めにそっくりだった。

それだけじゃない。

この、昔話への解釈も、私が小さい頃、両親の前で得意気に披露したのと同じ解釈だった。時々出てくる個人名もみんな、よく私の家に遊びにきた子たちと一致している。この、愛着の湧いた貯金箱を壊して泣きながら埋める話なんて、ほぼ私の実体験だ。

最初は偶然かと思ったけど、だんだん気味が悪くなってきた。

まるで、私の半生をたどるように、作品の節々に既視感を感じる。

だけど、この不可思議な状況を説明できる筋道が、一つだけある。

それは、この海さんの中の人が、私の父である可能性だ。

もちろん、中の人が母の可能性や、小中時代の仲の良い友人の可能性も否めないと言えば否めない。

だけど、文体に父の面影を感じる。

電車が駅に着いたことを告げるアナウンスが聞こえる。

今どこだろうと視線を上げると、もう自宅の最寄り駅に停まっていた。私は急いで席を立ち、ギリギリのところでドアをくぐり抜け、ホームに降りる。危うく乗り過ごすところだった。

改札を抜けて、今日の晩御飯をどうするかと思案しようとしたけど、考えがまとまらない。

さっきの疑念が、気になって仕方ないからだ。父がＳＮＳをやっている？　しかも、１４０字小説なんて書いて投稿している？　あの堅物の父が？　そのアカウントに、私が偶然、巡り合ってしまった？

そんなことはあり得ない。でも、そうとしか考えられない。帰路を進む私の脳内は、家につくまで、ずっとそんな堂々巡りが続いていた。

最終章

いずれ死ぬ君のために

For the end of life.

ベッドに腰かけて足を組み、テーブルの上にあるドライフラワーを見るともなく眺めながら、私は考えていた。この、１４０字小説を毎日投稿している海さんの中身は父なんじゃないかと、私は考えていた。

「えー……ないよね、普通に考えて」

そんなつぶやきが自然と漏《も》れる。確かに、文体とか言い回しとか、時々出てくるエピソードにどこか父っぽさは感じる。小説家を目指して、暇さえあれば小説を書いていた、あの父の面影を感じる。でも、あの父がＳＮＳをやっているなんてとても考えられない、という思いもあった。しかも１４０字小説なんて、父だったら間違いなく「そんなもの、小説ではない」と切って捨てるに違いない。

だからこそ、私の好奇心が刺激された。あの堅物の父がＳＮＳなんて始めて、投稿してイイネをもらって喜んでるとしたら、一体どんな心境の変化なんだろう。気になる。

答えを得るのは簡単。海さんのアカウントはＤＭを開放しているんだから、ひとこと、聞いてみればいい。「もしかしてあなたは、権藤武《ごんどうたけし》さんですか？」と。

普通は、知りもしないアカウントから突然名前を聞かれたら警戒するに違いない。私だったら、合っていても合ってなくても「いえ、違います」って返す。でも、父は違う。「そうだが、お前は誰だ？」って堂々と返すのが私の知っている父だ。つまり、一度聞いてみれば、少なくとも父かどうかはわかる。

私はキッチンのシンクからティーカップを拾い上げて、軽く洗って水を切ってから、ティーポットに残っていた残り少ないアールグレイをすべて注ぎ入れる。それをちょっとだけ電子レンジでチンして取り出す。ベッドを背もたれにする形で床に置いたクッションの上に座り、紅茶に口を付けた。寒いのは苦手だけど、冬の良いところの一つは、温かい紅茶がよりいっそう美味しく感じられるところだ。

　私はスマホで海さんのアカウントページに飛び、ＤＭ作成画面を開き、単刀直入に簡単な文章を打ち込んだ。

『突然のＤＭですみません。おかしなことを聞くようで申し訳ないのですが、あなたは、権藤武さんではありませんか？』

　誤字脱字がないことを確認して、送信ボタンをタップする。そしてもう一口、紅茶を飲んだ。まぁ、そんなすぐに返信は来ないよね。私はほとんど無意識に、タイムラインに流れてくるツイッターの投稿を眺め始めていた。最近、私のタイムラインにはよくアザラシが流れてくる。不意に流れてきたアザラシの動画がすごく可愛かったから、イイネを押してリツイートしたせいだ。ツイッターのシステムが、私をアザラシ好きと勘違いしてプッシュしているんだ。すると、新しい通知が一件、届いた。海さんからの返信だった。「え、はやっ」と、思わず呟いてしまう。

『いえ、違います。ですが、その質問に至った背景に興味があります。もしよろしければ、権藤武さんが誰で、なぜ私のことをそう思ったのか、お聞きしてもよろしいでしょうか？』

やっぱり違ったか。まぁ、それはそうだよね。本当ならここで『人違いで失礼しました。いつも海さんの１４０字小説の投稿、楽しみに読ませてもらっています！　ありがとうございます』と言って会話を打ち切るつもりだったんだけど、意外なことに、向こうから興味を持たれてしまった。どうしよう。いつも楽しませてもらっている手前、無下に断るのもなんだか気が引ける。だから、とりあえず簡単に返事することにした。

『すみません。全然、大したことじゃないんです。ただ、海さんの毎日の１４０字小説に、幼い頃に父と話した内容と共通するものが多いなぁ……って、思って。文体とか、改行のタイミングも、どことなく父に似てるんです。時々出てくる登場人物の名前も、知ってる人の名前ばかりですし。偶然の一致にしてはちょっと多い気がしたので、ひょっとしたら書いてるのは父本人なんじゃないかと思って、こんなメッセージを送らせていただきました』

送信、と。紅茶を一口飲んで、再びタイムラインを眺める作業に戻る。アザラシがポヨンポヨン跳ねてる動画が流れてきたので、イイネを押した。すると、もう海さんからの返信が届いた。

『なるほど、お返事ありがとうございます。ですがやはり、それは偶然の一致です。もう少し言うと、１４０字小説という性質上、詳しく情景を描写する余裕がありません。そのため、その大半は、読み手の想像力に委ねられます。そんなとき、読み手の脳内で再生されるのは、読み手と縁が深い記憶です。たとえば〝小学校〟と書かれていたとき、自分の通っていた小学校をベースに想像しませんか？　ですので、おそらく、お父様との共通点を多く見出したのは、ミズーリさんの心の方に理由があるのだと思います。人名も、あまり珍しいものは使わない主義なので、一致する確率が高かったのでしょう』

どうでもいいけど、こうしてミズーリというアカウント名を呼ばれるのは、慣れてないせいか、なんだか照れ臭い。返信までのスピードの割に、文章量が多かった。多分、海さんはPCのキーボードを使ってるのかな。そして、海さんのメッセージに私はすっかり納得してしまった。そう言われてみれば、確かにその通りなのかもしれない。すると、メッセージが追加で届いた。

『突拍子もない質問で恐縮ですが、もしかしてお父様は、行方不明なのですか？』

え？　行方不明？

どうしてそう思ったんだろう？

あぁ、そっか。アカウントの持ち主がお父さんかどうか気になるなら、アカウント越しじゃなくて、普通に本人に聞けばいいもんね。それなのに、アカウント越しに聞いてきた理由はなにか？　もしかして、本人とは連絡がつかない状況？　つまり、行方不明なのか？と、海さんは連想したってことなのかな。

『いえ、違います。父は今も元気に会社員をやっています。本人に聞かなかったのは、なんていうか、もう長らく連絡をとっていなくて、こんな変なことで質問するのはどうしても気が引けちゃったんです。もし違ってたら、なんだか気まずいと言うか、気恥ずかしいって思いがあったんです』

と返信すると、すぐに返信がきた。

『お父様のことが、苦手なのですね？』

そのひとことを受け、棚の上に飾っている写真に目を向ける。私とお母さん、そして父が写っている写真だ。そこに写っている父の顔を、私は一瞬だけ見つめた。

『えぇ……まぁ、はい』と返すと、ＳＮＳを眺める間もなくすぐに返信が届く。

『図々しいお願いであることは百も承知なのですが、もしよろしければ、お父様と過去にどのような人生を共にし、なにを思い、今現在はどのように感じているのか、取材の一環としてお聞かせいただいてもよろしいでしょうか？』

ちょっとビックリした。普通、こんなこと聞いてくるかな？　聞いてどうするんだろう。別に、珍しくも面白くもない人生なんだけどな。でもやっぱり、小説を書こうって人は、そういうリアルな話こそ、リアリティのためには聞いておきたいのかもしれない。

だけど、ちょっと悩む。

正直に言って、会ったこともない顔も知らない相手に胸の内をさらけ出すのには抵抗があった。一方で、こういう機会でもないと、なかなか話せないことでもあった。友達と飲んでいるときは、お互いの色々な苦労や愚痴を共有するものだけど、家族間の微妙な問題については、なんだか話題に出しづらいものがあったからだ。少なくとも、私はそうだ。だから、父との確執について、他人に話したことがない。ずっと胸の内にモヤモヤと秘めたまま、30歳になろうとしている。だから、この機会に洗いざらい打ち明けてしまうのもいいかもしれない。顔も知らない赤の他人だからこそ、気兼ねなく言えることもある。そんな葛藤が私の中にはあった。

　まぁ、いつも楽しませてもらってるし、お礼も兼ねてリクエストにお応えしよう。そんな思いが最後のひと押しになって、私は両手を使って一気に文章を打ち込んだ。

『私が幼い頃、父は小説を書いていました。と言っても小説家じゃなくて、サラリーマンをしながら、小説を書き上げては公募に出す、アマチュア小説家だったんですけどね。

　そのせいで、私の幼少期の父の思い出は、ひたすら机に向かう父の背中ばかりでした。遊んでもらった経験は、ほとんどありません。遊んでとねだっても、怖い顔で「今忙しいから、後にしろ」って怒られるんです。たまに休日に遊園地に連れて行ってもらったりもしましたが、父はいつも不服そうな顔でした。貴重な執筆時間を潰されたと思っていたんじゃないでしょうか。

　だから私は、父を独り占めにする小説が憎かったです。でも、その思いは次第に、こんな風に変わっていきました。

「きっとお父さんは、私に産まれてきてほしくなかったんだ」って。

私なんていなければ、執筆に集中して、自分の夢を叶えられたに違いない。そう思ってるんじゃないかって、だんだんと感じ始めました。だから私は、下宿先のある高校に行きました。少しでも早くそんな父のそばを離れて、自立したかったんです。そして上京して大学に通い、社会人になって、今に至ります。だから私は、今も父が苦手で、小説が大嫌いなんです』

そこまで打ち込んで、感情のままに送信した後、我に返った。

しまった、最後の一言は余計だった。小説家に向かって、小説が大嫌いなんて言うのはよくない。向こうの返信が来る前に、私は即座に訂正のメッセージを打ち込んだ。

『あ、でも、海さんの１４０字小説に出会って少し変わりました！　本当は苦手だったんですけど、あっという間に読み終えて、面白くって、大嫌いだったはずの小説が、いつの間にか毎日の楽しみになっていたんです。おかげさまで、苦手意識がずいぶんと和《やわ》らいだ気がします。本当にありがとうございます』

送信ボタンをタップしてから、入れ違うように、向こうからの返信が来た。

『お父様は、夢を諦めきれなかったのですね』

私のフォローが読まれたのか疑問だけど、とりあえず『そうですね』と返す。

すぐに返信が来る。ほとんどチャットみたいなスピード感だ。

『今は、ミズーリさんはお父様のことをどう思っていらっしゃるのですか？』

『特に、どうも思っていません』

『ミズーリさんには、なにか夢はありますか？』

『いえ、これといった夢はありません。海さんにはありますか？』

『小説で、大勢の人を楽しませることでした。ですが今は、ただ1人のために小説を書いています』

ただ1人？　誰だろう。あぁ、奥さんとか、恋人のことかな？　最初に小説を読ませるのは大事な人で、その喜ぶ顔が何よりのモチベーションになっている、みたいな。だとしたら、ちょっとエモい。

ふと、聞いてみたいなと思ったので、聞いてみることにした。

『海さんは、小説の面白さって、なんだと思いますか？』

と、送信ボタンをタップする。

その夜、返信は来なかった。

＊

ウチの会社は、コロナ禍前からリモートワークはできたんだけど、使える回数は週2回までだし、申請は必要だしで、使う人は少なかった。出社している人への申し訳なさもあるし、結局、みんな集まった方が効率は良いから、使うに使えないって人が大半だったと思う。何を隠そう、私もその1人だ。

それが、コロナ禍でリモートワークが当たり前になって、最初は自宅勤務最高って思っていたけど、次第にあの綺麗なオフィス街が恋しくなる部分もちょっとだけあった。そして、徐々に出社が再開された。久しぶりに社員証をかざしてゲートをくぐるとき、新卒のころの高揚感がちょっとだけ戻っていたけれど、それもほんの一瞬のことだった。今ではすっかり自宅勤務の日々が恋しくなっている。本当に、人間って天邪鬼だなと思う。

社内のコンビニでカフェラテを買って、エレベーターに乗って営業部のオフィスエリアに入り「おはようございます」と挨拶してデスクの上に鞄を置く。鍵を開けてノートＰＣを引き出しから取り出し、カフェラテを飲みながら起動するのを待つ。出社して最初にするのは、メールの確認だ。私は総合職入社だから、営業じゃないんだけど、人手不足で回ってない案件があったので、一時的にサポートにまわされている。そのせいで、メールのやりとりだけで1日が終わるなんて日も最近では珍しくなかった。

今日もメールを打っているだけで、あっという間に午前中が終わってしまった。デスクの上にある置時計に目をやると、すでに正午をまわっている。久しぶりに同期とランチにでも行こうかと思っていたけど、その余裕はなさそう。私は社内のコンビニでツナサンドとおにぎりと野菜ジュースだけ買って、吹き抜けに置いてあるソファ席で食べることにした。

ふと、昨夜の海さんとの会話を思い出す。海さんとの会話を通して、夢を追う父の背中を想起した。私は今の生活に、何の不満もない。立派な会社に入って収入も安定しているし、残業がキツい時期もあるけどブラックじゃないし、上司にも同期にも恵まれて、週末は美味しいものを友達と食べに行ったり遊びに行ったり、少し長めの休暇には旅行に行ったりしている。

でも、心のどこかで、この繰り返しで本当にいいのかなって気持ちもあった。今年で私は30歳になる。その漠然としたモヤモヤは、年齢を重ねるごとに増していった。

結婚願望が薄いせいか、大した焦りはない。

でも、代わりになにがあるかと言うと、なにもない。

そう、モヤモヤの正体はそこだ。

私には、夢らしい夢もなければ、仕事が恋人のキャリアウーマンを目指しているわけでもない。

「趣味が生涯のパートナーです」と言えるほど、夢中になれる趣味もない。

私には、なにも軸がないんだ。

それで、旅行に行っても遊びに行っても映画を観ても美味しい物を食べても、確かにそのときは幸せなんだけど、全部その場しのぎでしかない気がして、モヤモヤしちゃうんだ。

スマホが振動した。見ると、海さんからのメッセージだった。

『ミズーリさんは、プラモデルを作ったことはありますか？』

プラモデル？

なんで急にプラモデルが出てきたんだろう？

たしか、私は小説の面白さについて最後に質問したはずなんだけど……。

『いえ、従弟が作ってるのを見たことはありますが、自分で作ったことはないです』と、ツナサンドを咀嚼《そしゃく》しながら返信する。

文章を用意していたかのように、すぐに海さんから返信が来た。

『完成したプラモデルは、飾って鑑賞するものです。ですが、どうせなら最初から完成した品を購入して飾った方が楽ですし、クオリティも高いですよね？　わざわざ複雑なパーツを組み立てるなんてとても面倒ですし、普通に考えれば、面倒や苦労は極力避けたいはずです。なのに、なぜプラモデルは今も需要があるのでしょう？』

ツナサンドを飲み込み、野菜ジュースのストローに口をつける。海さんは急に、なんの話をしてるんだろう？　もう話題は変わっているのかな。

でも、聞かれたからには、ひとまず考えてみる。

プラモデルの需要？　なんだろう。プラモデルの方が安いからとか？　料理もそうだけど、わざわざ手間をかける理由は、コストが削減できるから、というのが真っ先に思いついた。あ、でも、プラモデルって逆に高くつくこともある……って聞いたことある気がする。

私の返信を待たず、海さんのメッセージが届いた。

『それは、創る行為、組み立てる行為に楽しさがあるからです。プラモデルの醍醐味は、鑑賞するよりも、創る過程そのものにあると言っても過言ではありません。プラモでなくても構いません。ミズーリさんも、料理でも裁縫でもいいので、何かを創ったことがあるはずです。そのとき、楽しさを覚えませんでしたか？』

言われてみればたしかに、思い当たる節はいくつもある。海さんのメッセージは続く。

『私は、小説を読む行為にも、同じことが言えると考えています。文章を通して、情景は読み手の想像力によって頭の中で組み立てられ、完成されます。最初から絵や映像という完成品を提供される媒体にはできない、小説ならではの体験です。もちろん、想像力を駆使する分、頭は疲れます。ですが、その手間と疲労感の中でしか味わえない楽しさがあり、それこそが小説の面白さだと、私は考えております』

あぁ、なるほど。ここで私の質問への回答に至るんだ。ずいぶんと遠回りだったけど、その分、すごくしっくり来た気がする。こんな風に言われては、小説嫌いの私でも、ちょっとなにか読んでみようかな……という気分が、湧いてこないでもない。海さんの１４０字小説を通して、小説への苦手意識が和らいでいる、というのも大きいと思う。

私はその旨《むね》を、ほぼそのままメッセージとして打ち込み、海さんに返信した。すると、私のメッセージにイイネを意味するハートマークがついた。それはつまり、会話はここで終わり、という意味のハートだ。

腕時計を見ると、お昼休憩の時間も、そろそろ終わりだった。

私は野菜ジュースの残りを飲み干して、サンドイッチとおにぎりのゴミと一緒にレジ袋に入れて、コンビニのゴミ箱に捨てる。やや駆け足気味でエレベーターに乗り、オフィスエリアである6Fに戻る。13時半から会議だから、あんまりのんびりもしてられない。

今夜は華金。

久しぶりに、大学時代の友人と飲む予定がある。

だから絶対、定時で上がるぞ!

*

予約していたお店の個室に通されると、加奈子《かなこ》と小春《こはる》はもう飲み始めていた。

「あ、瑞月《みづき》!　遅いよ～!」と、加奈子の顔はすでにアルコールで少し赤くなっている。以前に会った時より、ちょっとだけ顔がふっくらしたみたいだ。

「ごめん!　定時で上がろうと思ったら、急ぎの問い合わせが来ちゃって……」

コートを脱ぐと、小春が「貸して」と言って受け取り、ハンガーに通して壁にかけてくれた。相変わらずのショートカットに金髪。以前と比べて少し痩せたのかな?　あと、ピアスが増えた気がする。

「あ、小春。ありがとう」

「瑞月も予約、ありがとうね。お座敷の個室、良い感じだよ」

「でしょ？　ご時世もあるし、やっぱり個室がいいよね」

そう言って私は掘りゴタツ式の席に座り、おしぼりをくれた店員さんに「あ、ウーロンハイ1つください」と伝えた。「あ、私はハイボール！」と加奈子が続ける。小春のグラスに目をやると、ビールがまだ半分残っていたので、大丈夫そうだ。

「食べ物、なにか頼む？」と聞くと小春が「ううん、最初に結構頼んだから、これから来るよ」

　引き戸を閉めて、店員さんが去っていく。

　最後に飲んだの3カ月前だっけ？　とか、最近忙しいの？　とか、そんな取り留めも無い会話をしている内に、店員さんが飲み物とお刺身を持ってきてくれた。

「じゃ、改めて！　おつかれ～！　かんぱ～い！」

　加奈子が笑顔で掲げたハイボールに、私と小春がウーロンハイとビールのグラスをカチンと当てる。

　お酒好きの加奈子は、相変わらず美味しそうにお酒を飲む。私はお酒に関して、可もなく不可もなくって感じだけど、友達と飲むお酒は好き。特に、美味しそうに飲む子と飲むと、余計に美味しく感じる。一方、小春はいつものように無表情で淡々とビールを口に注ぐ。お酒の強さは、加奈子が一番弱く、小春がとても強くて、私はその間くらいだ。

「加奈子の子供、今日は旦那さんが見てくれてるの？」サーモンのお刺身を口に運びながら、小春が聞く。

「うん！　見てるから楽しんできなよって。こういうとき、リモートさまさまだよね」「子供の名前、なんだっけ？」「蓮生《れお》！」「いまいくつ？」「来月、1歳になるよ！　ちょっとずつ喋るようになってきて、もうほんっと可愛い」

　私はマグロの赤身を口に運びながら「え、もう1歳なんだ？　うわ、早いなぁ。おめでとう」と会話に混ざる。

「ありがとう〜！」加奈子は幸せそうな笑顔を浮かべ、隣の小春に目を向ける。「小春は、まだフリーターなの？」「うん」「居酒屋だっけ？」「そう」「就職はしないんだ？」「うん。自分の時間、無くなるし」「相変わらずだね〜。今もゲームやってるの？」「たくさんやってる」「前から気になってたけど、プロにはならないの？」「趣味でやるのが一番楽しい。プロなんて、そもそも簡単になれるものじゃないし」「いいなぁ〜。そういう一筋になれる趣味があって。私もなんか欲しいなぁ」「作ればいいじゃん」「いやぁ、今は子育で手一杯」

「だよね」「彼氏は作らないの？」「いるよ」「「いるの？」」

　ウーロンハイを傾けながら2人の会話を聞いていた私も、最後は加奈子とハモってしまった。

「え、どこで知り合ったの？」私の質問に小春は「ゲームきっかけで」と淡々と返す。

　あぁ、そっか、趣味からの出会いもあるんだった。

「瑞月は、今って彼氏いるの？」との加奈子の質問に「ううん、いない」と首を振る。「え～、もったいない。作らないの？」「うーん……なんだろう。私、天邪鬼なのかな。なんだか、作れ作れって雰囲気になるほど、作りたくなくなるっていうか……」「でもさ、単純に、寂しくなったりしない？」「全くならない……って言ったら嘘になるけど、だからって彼氏欲しいとか、結婚したい……とはならないかなぁ、あんまり」「相変わらず、結婚願望薄いんだねぇ」「まぁね」

　こういう時、早く結婚しなよとか、子供作りなよとか、自分の幸せを押し付けてこない加奈子が好きだ。だからこそ、今でもこうして友達でいられる。

「加奈子は、いま幸せ？」

「うん！　大変なことも多いけど、幸せだよ」

「小春は？」

「幸せ……ってよくわかんないけど、毎日充実してるよ。楽しい」

「そっか……」

　私は同じ質問をされたとしたら、２人みたいに即答はできない。

　楽しくないわけじゃないし、幸せを感じるときもある。今がまさにそうだ。こうして友達と楽しく話して、美味しいお酒やご飯を食べる。それができる環境にいる。それで最高じゃない。一体それのなにが不満なの？　そう自分に問う自分がいた。

「あれ？　なんか、スマホ震えてない？」と加奈子が指さした先には、私の鞄があった。

「え？　あ、本当だ」

私は中からスマホを取り出すと、振動は止まった。着信は母からだった。履歴を開くと、『不在着信』『不在着信』『不在着信』『不在着信』『不在着信』『不在着信』『不在着信』『不在着信』『不在着信』『不在着信』『不在着信』『不在着信』『不在着信』『不在着信』『不在着信』……。

スマホの画面を埋め尽くす、母からの不在着信。

体中に悪寒が走った。

絶対に、普通じゃない。

何か、緊急事態が起きているのは間違いない。

怖かった。なにが起きてるのか、確かめるのが怖かった。

通知をさかのぼると、最初の方に、母からこんなメッセージが届いていた。

『お父さんが車に轢かれて、病院に運ばれました。意識がないそうです。これを見たら至急電話ください』

*

電車の中で、窓際に立って外の景色を眺める。

真っ暗な街並みの中に、ポツポツと、灯篭《とうろう》流しみたいに部屋の明かりが灯っていた。その一つ一つに、人の生活があり、家庭があり、幸せがある。でもそれが、ある日突然、一気に脅かされるときもある。今の私みたいに。

お母さんの話によると、父は仕事から帰る途中、信号無視の車にはねられて、病院に運ばれたらしい。車は直前に急ブレーキをかけたけど間に合わず、はね飛ばされた形だそうだ。地面に打ち付けられた際、頭を打ったらしく、今も集中治療室で意識不明の状態らしい。

その連絡を聞いたとき、正直、ショックだった。

ショックを受けている私自身に、びっくりした。

アルコールが一瞬で冷めるのを感じた。

父のことなんて、もう、なんとも思ってないと思っていたのに。もしポックリ亡くなっちゃったとしても、すんなり受け入れるんじゃないかって、思っていたのに。もしかしたら、最近、父のことを思い出す機会が多かったせいかもしれない。

父は、実家近くの病院に運ばれたそうで、私はいまそこに向かっている最中だ。埼玉まで行く電車が残っていたのは、幸いだった。

降車駅に到着すると、すぐにタクシーを拾って、行先の病院名を伝えた。窓の外には、華金を謳歌《おうか》して、楽しそうに酔っ払っている社会人の姿が見える。私もついさっきまであの中の1人だったのに、急に異世界に連れて来られたみたいな心境だった。

病院に到着する。消灯時間を過ぎて薄暗い病院は随分と不気味だった。救急外来用の窓口で用件と名前を告げると、中に通してくれた。ソファーが並ぶロビーに、お母さんがうなだれるように座っているのが見えた。

「あ、瑞月！」

涙を流しながら、お母さんはすがりつくように私の手をとる。

「お母さん！　お父さんは？　大丈夫なの？」

「わからない……。まだ検査中だって……」

とりあえず、私は母の肩に手を置いてなだめ、2人でソファー席に座った。この夜は、生きた心地がしなかった。父が死ぬかもしれない未来に怯えているのか、それとも私の前で子供のように震えている母がこれ以上に絶望するかもしれない未来に怯えているのか、私にはわからなかった。

お医者さんに声をかけられて、ＩＣＵ（集中治療室）に通される。呼吸器や点滴とか、よくわからない色んな管や包帯でグルグルにされた人が、何人も台の上で横になっている光景はとても痛々しくて、あまり直視できなかった。そんな光景の一角に、父はいた。頭をぐるぐる巻きにされて、血が滲んでいて、色んな管が腕や鼻や下腹部から伸びている。その姿を見て母が「武さん！」と泣き叫ぶような声をあげた。母が父の名前を呼ぶところを、初めて見たかもしれない。お母さんと、横たわる父の姿が、水中で目を開けているみたいに一気に滲んだ。私は泣いているんだと、遅れて気付いた。

「お父さん……？」

お父さんの手を握って、呼びかけてみる。

お父さんの手、こんなに細かったっけ。

最後に私の頭をなでてくれたときは、もっともっと、ずっと大きかったのに。

「お父さん……？」

もう一度、呼びかけてみる。

でも、お父さんの目が、開かれることはなかった。

*

病室のドアをノックして、返事を待たずに入室する。

「なんだ、瑞月。仕事はどうした？」

ベッドのリクライニングで、少しだけ上体を起こして本を読んでいた父は、私を見るなり開口一番そう言った。

「言ったじゃん。火曜日まで有給とったから大丈夫って。この後、東京に戻るから」

華金の翌日、意識を回復した父は、思っていたより軽症だった。

お医者さん曰く、頭を打ってはいたものの、頭蓋骨にも脳にも生活に影響するほどの異常はなく、軽めの脳震盪《のうしんとう》とのことだった。もしかしたら、笑い話にも聞こえるけど、父は学生時代に柔道部にいたので、受け身がとれたおかげかもしれない。頭よりむしろ、車に吹っ飛ばされた際にガードレールにぶつけた足の方が重く、スネにヒビが入っていたそうだ。父の足に巻かれたギプスが痛々しい。頭の方もまだ安心できないため、しばらく父は入院生活になった。

　父の病室は個室だから、周りに遠慮しなくていいのはありがたい。私は壁際に置かれていた丸いイスを父の隣に置いて、そこに腰掛ける。

「いま、誰の本読んでたの？」

「小説嫌いのお前には、言ったところで仕方ない」

「それがね、最近はそうでもないんだよ」

「ほう。どういった心境の変化だ？」

　私は鞄からスマホを取り出して、海さんのアカウントページを開き、父に見せた。

「なんだ？　これは」

「この海さんって、お父さんでしょう？」

　少しの沈黙の後、父はわかりやすく顔をしかめた。

「なんの話だ？　そんなわけがないだろう」

「お父さん、スマホはどうしたの？」

「事故のときに、壊れてしまってな。修理に出したいんだが、退院してからだな」

「お父さんが事故にあってから、海さんの毎日投稿もピタリと止まったんだよ」

「だからなんだ？　そんなもの、ただの偶然だろう。その海とやらにも、なにか投稿出来なくなる事情ができただけだ」

　私は、鞄の中からメモ帳を取り出し、ページをめくってみせた。

「これ、お父さんのネタ帳だよね。１４０字小説の」

「…………」父が目を見開く。

「ウチのリビングに、無造作に置いてあったよ。よく見ると、海さんの投稿の原文や、同じネタや言葉が色んなところに散りばめられてる。あんまり一致するから、最初、お父さんが海さんの投稿を見てメモしているのかと思ったけど、逆でしょう？　お父さんが、海さんのアカウントの持ち主なんだ」

「……だったとして、それがどうしたと言うんだ？」

「どうして、１４０字小説なんて書き始めたの？」

「知っているだろう。俺は物書きだ。時代に合わせて、新しい文化に挑戦してみただけのことだ」

「本当にそれだけ？　お父さん、こういうの嫌いそうじゃん。こんなもの小説じゃない！とか言いそう。昔だって、原稿用紙何百枚分の長編しか書いてなかったのに」

「ふん、よく知っているじゃないか」

「うん。で、どうして？」

「………」

父は腕を組んで、大きくため息をついた。

「そうだな。一度死にかけたことだし、意地ばかり張って墓まで持っていくのも、つまらんな」

「うん」

「瑞月。お前に、読んでほしかったんだ」

「え？」

父は私から目線をそらし、窓の外に目をやる。そして、独り言のようにつぶやき始めた。

「俺の夢は、小説家になることだった。いつか、自分の書いた物語が、出版社を通して本になるのが夢だった。それに、その夢が叶えば、お前たちにももっといい暮らしをさせてやれるとも思っていたんだ。だから俺は、本業のかたわら、小説を書き続けた。幼いお前との時間を、犠牲にしてまでな。なにより……」

そこで、父は言葉を止めてしまった。私は急かさず、父が続きを話すのをじっと待った。

「………なにより、夢を追うそんな父の背中を見せることが、俺にできる一番の教育だと思っていたんだ。少なくとも、当時の俺はそう思っていた」

窓の外を見ていた父の視線は、いつの間にか伏せられていた。組まれていた腕はほどかれ、ベッドの上に力なく放り出された。

「だが……どうにもそれは、よろしくなかったらしい。ただお前との溝を深めてしまっただけだと気付くころには、お前はもう、大人になってしまっていた。はは、歳をとるのは嫌だな。自分の過ちを認めるのにも、随分と時間がかかってしまったよ。過ちなんて、そのまま時間が解決してくれるかと思ったが、むしろ逆だった。歳をとるにつれ、このままでいいのか、なにかできることはないかという焦りばかりが募っていった」

「……そうだったんだ」

父はゆっくりと頷く。

「だが、今更どんな顔でお前に歩み寄ればいいのか、俺にはわからなかった。なんでもいいから、なにかきっかけが欲しい。お前を小説嫌いにさせてしまった負い目もあった。それで……」

「それで……正体を隠して、１４０字小説を始めたの？」

「そうだ」

私は少し、吹き出してしまった。

「回りくどくない？　普通に、オススメの面白い小説とか渡せばいいじゃん」

お父さんは眉を吊り上げて反論する。

「そんなことをしたって、お前は読まないだろう？　しかも、俺から渡されたとなれば尚更だ。そんなとき、俺は１４０字小説に出会った。ＳＮＳなんぞやっていなかったが、ネットの記事でそういう文化があることを知ったのだ。お前の言う通り、最初は毛嫌いしたが、この短さならさすがにお前でも読めるだろうと思った。そうして、今一度、筆をとってみることにしたのだ。はは、ＳＮＳなんて、初めてやったぞ。アカウントの作り方から部下に教えてもらったよ。そして俺は、投稿を始めたのだ。イイネってやつも、案外、もらえると気持ちのいいものだな」

「……それで、幼馴染みの恵経由で、私に自分のアカウントを教えたんだ？」

「あぁ。俺が知ってるお前の友人は、恵ちゃんだけだったからな」

徹底してるなぁ、と思った。自分の関与を疑われないために、そこまでしたんだ。父のワガママに付き合ってくれた恵にも、今度お礼を言わないといけない。

じゃあ、毎日の私のイイネも、海さんに送ったメッセージも、全て父に届いてたってことになる。私からのイイネをもらって喜ぶ父を想像して、ちょっとおかしくなった。

「ところでさ、お父さんの海《かい》月幸《つききち》ってアカウント名は、なにか由来があるの？」

「…………知らん」

「いや、知らないってことはないでしょう。自分でつけたんだから」

「自分で考えろ」

「ふぅん……。今朝、〝海〟で検索したときにさ、方丈　海って別の１４０字小説アカウントが候補に出てきたけど、それと関係あるの？」

「誰だそれは？　全く関係ない」

「そうなんだ。お父さん以外の１４０字小説って、今朝初めて読んだんだけど、この人の方が面白いね。この【誕生日】ってタイトルの、死神の話とか好き」

「構わん。１４０字小説は、俺の専門じゃないからな」

　子供みたいな負け惜しみを言うお父さんを見て、また吹き出しそうになったけど、怒られそうだから我慢した。

　その後、軽い雑談をして、私は父の病室を後にした。

　実は、アカウント名の由来はなんとなく見当がついていた。

　昔、母から聞いた話を思い出したからだ。

　私の名前の字は、最初〝海月《みづき》〟になる予定だったらしい。だけど、それはクラゲとも読めるとお父さんが指摘し、学校でいじられる可能性を見越して、今の私の名前になったんだ。

　つまり、お父さんはアカウント名に、こんな意味を込めていたんじゃないかな。

〝ミヅキに、幸あれ〟

　本当は、お父さんの口からそれを聞きたかったんだけど、さすがにそれは無理だったみたい。

帰り際、最後に「まだ、小説家の夢を追いかけてるの？」と聞くと、お父さんは少し微笑んでこう答えた。「もう、叶ったよ」

その夜、海　月幸のアカウントから、１４０字小説の投稿があった。

多分、ノートＰＣか、お母さんのスマホを借りて投稿したんだと思う。

『最後の１４０字小説です』と前置きした通り、その投稿を最後に、海　月幸のアカウントは削除された。

最後の１４０字小説には、こうあった。

『君はいつか死ぬ。それは明日かもしれない。だからせめて、悔いのない日々を送ってほしいと願う。幸せも楽しさも、いくら探したってどこにもない。それは、自身の心の声に耳を傾け、君がゼロから育むものだからだ。

そんな言葉を、結局は口にできないまま、私は私の病室を去る娘の背中を見送った。』

【いずれ死ぬ君のために】

方丈　海（ほうじょう　かい）
小説家。2020年７月から、Twitterの一ツイート（投稿）上限字数の140字以内で完結する“140字小説”の投稿を開始。毎日投稿というリズムで作品投稿する中で評判を獲得し、Twitterフォロワーはおよそ11万人（2023年４月現在）。既刊に『#140字小説 -「１話30秒」の意味が分かるとゾクッとする話』（ワニブックス）がある。

Twitter: HOJO_Kai
Instagram: hojo_kai
TikTok: hojo_kai

いずれ死《し》ぬ君《きみ》のために

2023年4月24日　初版発行

著者／方丈《ほうじょう》 海《かい》

発行者／山下　直久

発行／株式会社KADOKAWA
〒102-8177　東京都千代田区富士見2-13-3
電話　0570-002-301（ナビダイヤル）

印刷所／凸版印刷株式会社

製本所／凸版印刷株式会社

●お問い合わせ
https://www.kadokawa.co.jp/（「お問い合わせ」へお進みください）
※内容によっては、お答えできない場合があります。
※サポートは日本国内のみとさせていただきます。
※Japanese text only

定価はカバーに表示してあります。

ISBN 978-4-04-606181-2　C0093